DIE MISSION DES MEERMANNES

TAMSIN LEY

Übersetzt von
FRANZISKA POPP

TWIN LEAF PRESS

Lektorat: Lektorat Popp

ISBN: 978-1-950027-36-1

Madison passte den Fokus ihres Fernglases an, konzentrierte sich auf die Wellen mit den weißen Hauben, die sich an den Riffen brachen, während sie auf dem Boot das Gleichgewicht zu halten versuchte. Seit drei Tagen folgte sie nun schon einem Delfinschwarm. Gestern war er plötzlich verschwunden, kurz bevor sie ihren Fund aufzeichnen konnte: Ein Hybrid aus einem kleinen Schwertwal und einem Großen Tümmler. In der Wildnis! Bisher gab es nur ein Geschöpf dieser Art, das in Gefangenschaft geboren wurde. Sie brauchte Beweise. Ein Foto wäre gut, aber noch besser wäre eine Gewebeprobe. Ein DNA-Beweis galt als unanfechtbar. Eine derartige Entdeckung wäre vielleicht in der Lage, ihrer befleckten Karriere zu helfen.

Das Motorboot wurde seitlich von einer Welle getroffen und sie richtete es neu aus, sodass der Rumpf erneut dem rollenden Wasser zugewandt war. Das Boot allein zu manövrieren und gleichzeitig ihre Forschungen zu betreiben, stellte eine Herausforderung dar. Nach dem, was letztes Jahr vorgefallen war, würde sie ihr Vertrauen nicht so schnell wieder in andere setzen. Von wegen Stellers Seekuh wurde wieder entdeckt. Seit über zweihundertfünfzig Jahren war die Spezies ausgestorben. Diese Gattung zu finden, wäre wie die Entdeckung einer Meerjungfrau. Dennoch hatte *sie* sich einfangen lassen, hatte für die „Daten", die ihre Studenten bereitgestellt hatten, ihren guten Ruf aufs Spiel gesetzt. Jetzt stand sie auf verlorenem Posten, bezahlte die Forschungsreise aus ihrem eigenen Geldbeutel, in der Hoffnung, ihr Ansehen wiederherzustellen. *Ich werde es ihnen allen zeigen!*

Sie warf einen Blick auf den Tiefenmesser: dreißig Meter. Dann setzte sie sich ihre polarisierte Sonnenbrille auf die Nase, um den Horizont abzusuchen. Wie sollte sie ein Dutzend wissenschaftlicher Mitarbeiter ersetzen und dennoch die Frist der Universität für Neuerscheinungen einhalten? Diese dämlichen Assistenten hatten zu ihr gemeint, dass es nur ein Scherz gewesen sei, der etwas aus dem Ruder gelaufen war. Jetzt war sie aber diejenige, die den Schaden ausbaden musste. Renommierte Kollegen hatten den Artikel gelesen, die Medien hatten ihren Fund durch den Dreck gezogen. Das hatte zur größten Blamage in ihrer Laufbahn geführt und ihre Karriere ruiniert. Sie hatte nicht nur ihre Anstellung an der Universität verloren, sondern ihre großzügigen Fördermittel waren ebenfalls gestrichen worden. Selbst ihr gelegentlicher Sexpartner – ein Tierarzt im Meeresforschungsinstitut – wollte nicht mehr mit ihr in Verbindung gebracht werden.

Mit einem Blick auf die GPS-Koordinaten lenkte sie das Boot zu einem Bereich, in dem der Ozean dunkler war, aufgrund eines Seetang-Teppichs, der knapp unter der Wasseroberfläche trieb. Das grüne Wasser klatschte gegen den Rumpf und katapultierte winzige Tropfen in ihre Richtung. Sie liebte das Meer. Liebte den Geruch, das schwankende Deck unter ihren Füßen, die beißende Kälte, wenn es ihre Haut berührte. Obwohl die Sonne heiß auf ihren Kopf schien, war an eine kleine Runde im Wasser nicht zu denken – dafür sorgte die Winterbrise. Sonst hätte sie sich zweifellos ihrer Kleidung entledigt, um sich von dem Geruch der letzten drei Tage auf See zu befreien.

Wo war der Delfinschwarm? Aufmerksam suchte sie nach den vertrauten raketenförmigen Umrissen im Wasser. Sie mussten einfach bald wieder auftauchen.

Ihre beiden Pfeile zur Gewebsentnahme waren bereit. Sie musste nur nah genug herankommen. Das Equipment hatte einen Großteil ihrer Ersparnisse verschluckt, genau wie die Kosten für das Mietboot. Zudem lief ihr die Zeit davon.

Schließlich stellte sie den Motor aus und hoffte, dass der Schwarm Mitleid mit ihr haben würde. Diese Gruppe schien jedoch weitaus scheuer, als sie es von anderen gewohnt war. Sie besaßen nicht die normale Neugierde bei einem Boot. Stattdessen waren sie auf Abstand geblieben – außerhalb der Reichweite ihrer Pfeile. Als wüssten sie, wie nah sie ihnen sein musste, um einen Schuss abzugeben und zu treffen.

Am Heck vernahm sie ein Platschen. Sie drehte sich augenblicklich in die Richtung. Bei dem kleinen Deck benötigte sie nur drei Schritte, bis ihre Schenkel gegen die Motorverkleidung krachten. Dann ließ sie den Blick über die Wasseroberfläche schweifen. Obwohl sie ihre spezielle Sonnenbrille trug, erschwerte ihr das blendende Wasser die Sicht.

Wieder hörte sie ein Platschen, dieses Mal auf der Steuerbordseite. Sofort bewegte sie ihren Kopf zur Quelle des Geräuschs und erblickte eine delfingroße, hellgrüne Rückenflosse. Grün?

Delfine definierten sich eher durch eine blaue, graue, weiße oder braune Färbung – niemals grün. War das

Tier von Algen bedeckt? Ein Kadaver vielleicht, der an die Oberfläche gespült wurde. Nein, das ergab keinen Sinn. Schließlich hatte es sich bewegt.

Sie holte ihre Kamera heraus, positionierte ihren Finger bereits auf dem Auslöser, während sie nach einer Bewegung Ausschau hielt. Zehn Minuten vergingen. Zwanzig. Nichts.

Was auch immer es gewesen war, es kam nicht zurück.

RUBAC TAUCHTE zum Meeresgrund und ließ den Schatten des Bootes hinter sich. Das Auffinden einer menschlichen Frau wurde von der Beklemmung, die mit seiner Mission einherging, überschattet. Sein Herz raste und seine Muskeln waren so angespannt, dass er Schmerzen empfand. Er rieb den Perlmutt-Nippelpiercing, um wieder Herr seiner Sinne zu werden. Der prophetische Blick, den er durch den Ritt auf der Flosse des Wals gewonnen hatte, schien an Wirkungskraft zu verlieren.

Sein Bruder hatte Rubac für seine mystischen Träumereien, seinen Glauben an Seelenverwandte, seine Vorahnungen immer ausgelacht. Aber Rubac wusste, was er fühlte, was er sah, was er brauchte. Und er brauchte diese Frau. Sie würde zu seiner Erlösung führen und ihn von der Sklaverei seines Gefährten-Bundes befreien. Einen Bund, den er sich nicht ausgesucht hatte. Eine fatale Verbindung, da seine Gefährtin nun tot war.

Warum zögerte er dann noch?

In dem Versuch, der Strömung zu entgehen, ruhte er zwischen zwei riesigen Tiefseefächern und gab sich seinen Gedanken hin. Die eingetrichterte Angewohnheit, Frauen um alles in der Welt zu meiden, nagelte ihn an den Meeresboden. *Sie ist keine Meerfrau,* erinnerte er sich. *Du bist gekommen, um ihr das Leben zu nehmen, nicht andersrum.*

Als er die Vorahnung das erste Mal hatte, dachte er noch, dass es der schwierige Teil wäre, eine verletzliche Menschenfrau zu finden. Doch sofort am nächsten Tag hatte sich diese Chance geboten, wie eine Bestätigung seiner Fähigkeiten. Nun musste er es auch durchziehen. Der letzte Teil seiner Mission stellte für ihn kein Problem dar. Den Menschen zu töten, sobald er ihn ins Wasser gezogen hatte, wäre einfach. Sein Problem war der erste Teil: Er musste sie verführen. Keine leichte Aufgabe für einen gebundenen Meermann, tote Gefährtin hin oder her.

Im Gegensatz zu Meerfrauen, die es gewohnt waren, ihre Sexpartner nach dem Akt umzubringen, gingen Meermänner einen Bund für die Ewigkeit ein. Ein gebundener Meermann war dazu verdammt, ein elendiges Leben zu führen, da er wusste, dass seine Gefährtin immer und immer wieder fremdging. Allein musste er den Nachwuchs aufziehen, sie wie ein männliches Seepferdchen beschützen, bis ihn am Ende auch seine eigenen Kinder verließen. Die meisten Meermänner starben an einem gebrochenen Herzen. Rubac weigerte sich, langsam dahinzusiechen, sobald sein Kind sich für ein Geschlecht entschied und dem Nest den Rücken kehrte. Stattdessen wollte er einen schnellen Tod, in den Wilden Tiefen, wo er das Geheimnis seiner Freiheit entdeckt hatte.

Ein weiterer Punkt machte ihm Angst: Was, wenn er bei dem Akt versagen würde? Eine Meerfrau würde einen Partner zur Strafe in Stücke reißen. Waren Menschenfrauen genauso brutal und gnadenlos?

Die Sonnenstrahlen, die es auf den Grund schafften, verschwanden, als das Boot über seinen Kopf hinwegfuhr. Sie jagte ihn, war auf der Suche nach ihm. Die Ironie entging ihm nicht.

Eine einsame Menschenfrau auf dem Meer war eine Seltenheit. Wahrscheinlich wäre sie seine einzige Chance. Nur wenn er seine Mission erfüllte, könnte er den Bund zu seiner Gefährtin brechen, der ihn schon bald in einen totbringenden Wirbel ziehen würde.

Er nahm die kleine Harfe zur Hand, die er an einem Band um seinen Hals trug – eine Kopie jenes Instrumentes, welches seine Gefährtin benutzt hatte, um ihn in sein Verderben zu locken. Direkt in ein Leben als Sklave seiner Begierden. Lange, blasse Sprossen erhoben sich von diesem runden Instrument, das einmal ein Seeschwamm gewesen war. Er hatte in die Wilden Tiefen vordringen müssen, um die verletzliche Kreatur zu ernten. Das zerbrechliche Exoskelett konnte verwendet werden, um eine unwiderstehliche Melodie ertönen zu lassen. Vielleicht würde ein Lied nicht nur dazu führen, die Landläuferin zu verführen, sondern auch seine Libido zu entfachen.

Der Anflug eines schlechten Gewissens buhlte um seine Aufmerksamkeit. Er hatte die andere Seite dieser Art von Magie gespürt. Hatte die Hilflosigkeit am eigenen Leib erleben müssen. Wusste genau, wie es sich anfühlte. Lieder aus der Unterwasserwelt brachten die primitivsten Begierden eines jeden an die Oberfläche. Diese Magie machten sich Meerfrauen zunutze, um Seemänner zu verführen. Die Menschenfrau wäre ihm völlig ausgeliefert.

Tue es oder stirb. So oder so war er verdammt. Dann konnte er doch alles geben, was ihm noch blieb, oder? Er strich mit den Fingerspitzen über die Saiten und näherte sich der Wasseroberfläche.

Madison steckte ihre Kamera zurück und duckte sich unter das Bootsverdeck, um den Motor wieder in Gang zu bringen. Was auch immer sie gesehen hatte – wahrscheinlich eine Einbildung –, war lange verschwunden. Sie hatte Wichtigeres zu tun: Sie musste den Delfinschwarm ausfindig machen. Noch heute, ansonsten müsste sie mehr Geld auftreiben, um einen weiteren Tag das Mietboot zu bezahlen. Der Motor hustete zum Leben und würgte wieder ab. Mit einem genervten Schnauben stellte Madison alles aus und inspizierte die Technik unter der Motorverkleidung. *Scheiß Boot.* Wenn sie an Land anrufen müsste, um abgeschleppt zu werden, würde sie aus dem Fluchen nicht mehr herauskommen.

Ein hoher, lieblicher Ton drang an ihr Ohr, ähnlich dem Lachen eines Kindes. War das möglich? Sie hob den Kopf und ließ den Blick über die ruhige See schweifen. Die Melodie wechselte, klang jetzt viel mehr nach einer Oboe oder einem Saxofon. Eine gedehnte Note folgte, die von einem zwanghaften Rhythmus wie bei einem Herzschlag, begleitet wurde. Befand sich ein weiteres Boot in der Nähe? Sie konnte keines sehen.

Sie schloss die Augen, atmete die salzige Luft ein, bevor sie ihre Lider wieder öffnete, um nach der Quelle des Liedes Ausschau zu halten. Die Sonne glitzerte auf der Oberfläche wie Diamanten, blendete sie, weswegen sie die Augen zusammenkneifen musste. War dort ein Mann, der auf sie … zuschwamm?

Er tauchte unter und das Lied brachte das Deck unter ihren Füßen zum Vibrieren. Ein Beben, das sich einen Weg über ihre Beine bahnte; köstliche Schauer, die sich auf ihr Geschlecht auswirkten. *Gott, das fühlt sich gut an.* Eine Sekunde später stand sie am Seitendeck.

Ein dunkelhaariger Mann brach sechs Meter von ihr entfernt durch die Wasseroberfläche, von seinem getrimmten Bart tropfte Wasser. Er hatte die breiten Schultern und den geschmeidigen Oberkörper eines Schwimmers. Ein spiralförmiger Muschelohrring bohrte sich durch ein Ohrläppchen, und ein perlmuttfarbener Piercing funkelte an seinem linken Nippel, der seine beeindruckenden Brustmuskeln perfekt in Szene setzte. Er spielte eine hypnotisierende Melodie auf einem weiß gezinkten Objekt, das an einem Band um seinen Hals hing. Offenbar interessierte es ihn nicht im Geringsten, dass er mitten im Meer trieb. Vollkommen zogen sie jedoch die limettengrünen Augen in den Bann. Ein Schwindelgefühl schien sie zu übermannen und sie hatte das Bedürfnis, das schwankende Boot zu verlassen. Um ihre Fassung zurückzuerlangen, lehnte sie sich gegen das Geländer und atmete mehrmals tief ein.

„Hallo? Brauchst du Hilfe?" Sie wusste nicht, was sie sonst fragen sollte. Sie befanden sich so weit draußen, dass er unmöglich vom Ufer gekommen sein konnte.

Er öffnete den Mund und die schockierend greifbare Melodie, die sie auf diese Seite des Bootes gelockt hatte, gewann an Lautstärke.

Die Wände ihres Geschlechts zogen sich mit überraschender Intensität zusammen; sie näherte sich einem Höhepunkt. Die Wissenschaftlerin in ihr fragte sich, ob ein Orgasmus durch akustische Stimulation überhaupt möglich war. Dann hörte sie mit der Analyse auf und erlaubte, dass die Empfindung über sie hinwegschwappte, und sie mit sich trug. Ihre Nippel pressten sich gegen ihre Bluse und Wärme bildete sich in ihrem Bauch. Mit beiden Händen packte sie das Geländer, ihre Beine bebten.

Der Mann tauchte und entblößte dabei eine hellgrüne, transparente Rückenflosse. Dann folgte eine smaragdgrüne Schwanzflosse, die sie mit Wasser bespritzte. Sie blinzelte, und schaffte es, ihre wissenschaftliche Neugierde wieder hervorzuholen. *War das eine ...? Nein, unmöglich.* Das Lied änderte seinen Rhythmus, tief traf es sie, vom Deck kroch es ihre Beine hoch und hämmerte gegen ihre Klitoris, als würde ein Mann sie hart nehmen.

Sie sog scharf den Atem ein, warf den Kopf in den Nacken, verloren in ungekannter Ekstase. Die lustvolle Welle riss ihre Logik mit sich. Jeder Millimeter ihrer Haut bebte vor elektrisierender Begierde und sie sehnte sich danach, berührt zu werden. Sofort.

Ihre Hand wanderte zu ihrer Brust, zwickte in ihren Nippel. Sie brauchte mehr. Sie brauchte diesen Mann, der es schaffte, ihre niedersten Triebe hervorzulocken. Mit einer Hand an ihrer Brust lehnte sie sich über die Reling und blickte ins Wasser. *Wo ist er hin?*

Direkt unter ihr erschien sein Gesicht, kam näher und näher. Ein Paar aus limettengrünen Augen bohrte sich in ihre – ein Blick, der nicht einnehmender sein konnte und von einer wilden Melodie begleitet wurde, die bis in ihre Seele vordrang. Sie streckte sich ihm entgegen und folgte dem Ruf.

Er durchbrach die Wasseroberfläche und fand ihre Lippen für einen Kuss. Dieser unvermeidbare Kontakt trieb sie in einen vernichtenden Orgasmus. So lockerte sich der Griff und sie fiel kopfüber in die eisige Umarmung des Ozeans …

⋗⋖⋗⋖

DIE LIPPEN des Menschen landeten mit elektrisierender Wirkung auf Rubacs Mund.

Geschockt tauchte er zurück ins Wasser, seine Gedanken verhielten sich wie Treibgut in einer Sturzflut. Sein Schaft zuckte, flehte nach seiner Freiheit, als würde er aus einem Traum erwachen.

Was sollte das? Gehörte es zur Mission? Der Kontakt mit der Menschenfrau entsprach so gar nicht seinen Erwartungen. Als die Meerfrau ihn eingefangen und mit ihm eine Verbindung einging, hatte es sich wie ein schweres Gewicht auf seiner Brust angefühlt, wie Seetang, der sich um seinen Körper wickelte und alles abschnürte. Ein Band war erschienen, das ihn für immer an seine Gefährtin gefesselt hatte. Was er aber gerade mit dem Menschen erlebt hatte, fühlte sich eher wie der aufregende Ritt auf einem Speerfisch an.

Dann musste er beobachten, wie ihr lebloser Körper an ihm vorbei sank. Ein winziges Rinnsal aus Blut folgte ihrem Fortschritt zum Meeresgrund.

Sofort reagierte er und fing sie ein, trug sie zurück an die Wasseroberfläche. Bei dem Fall musste sie sich den Kopf angestoßen haben. Sollte er sie zu seinem Nest bringen und die Sache beenden? Es schien falsch, die Situation ihrer Bewusstlosigkeit auszunutzen. Doppelt falsch, da er sie mit einem Lied betört hatte.

Er wickelte einen Arm um ihre Taille und hob sie auf die Plattform am Heck des Bootes, direkt neben dem Motor. Gleich darauf fand auch er seinen Weg aufs Deck. Er presste sie an seine Brust, rutschte mittiger. Sie lag auf ihm, ihre Schulter an der Harfe zwischen ihnen, wodurch sie die zarten Saiten ruinierte.

Sein gesamter Körper spannte sich an. Ohne die Harfe würde seine Aufgabe schwieriger werden. Vielleicht sogar unmöglich. Auf alle Fälle gefährlicher.

Er rollte unter ihr hervor, stützte sich auf einen Ellbogen und betrachtete sie. Zwar fehlte es ihr an dem exotischen Flair einer Meerfrau, dennoch wirkte sie recht attraktiv. Die Umrisse ihrer Brüste pressten sich gegen das Material ihrer Bluse, ohne das geringste Anzeichen einer weiteren Barriere, und ihre Hüften waren erfreulich gerundet.

Ihre derzeitige Position schien auf dem harten Grund nicht die bequemste. Wie ertrugen es die Menschen nur, immer so niedergedrückt zu werden? Er legte eine Hand auf ihr Herz, um sicherzugehen, dass ihr Körper noch von ihrer Lebensaura beherbergt wurde. Da war sie, ein gelbes Glühen, zusammen mit einem dunklen Braun und einem blassen Orange. Diese Mischung machte ihn neugierig. Sie war wissbegierig, so wie er.

Er zog die Hand zurück und erschauerte. Er sollte beenden, was er angefangen hatte, oder flüchten, bevor sie die Augen öffnete. Seine Neugierde war jedoch nicht zu stoppen und er wollte sie ein wenig länger mustern. Bisher war er einem Menschen nur einmal so nah gekommen. Eine rasche Interaktion, da sein Bruder in die Gefährten-Falle mit einer Menschenfrau geraten war. Gelegentlich spionierte er die beiden aus. Aus der Ferne, vom Wasser, während sein Bruder über den Strand lief. Mit Beinen! Niemals näherte er sich dem Paar.

Nun erlaubte er sich die Inspektion ihrer Haut. Er mochte ihre kurzen Haare, vom Wind aufgewühlt. Ihre Lippen waren voll und samtweich, ihre Nase flach. Auf einem Nasenflügel funkelte ein goldener Stecker, der ihre braune Haut komplementierte. Das nasse Material ihrer Bluse schmiegte sich an ihre Brüste, ihre harten, kleinen Nippel bettelten um seine Aufmerksamkeit. Ihr flacher Bauch verlief zu dem V zwischen ihren

Schenkeln, und er war neugierig, was er dort wohl finden würde. Wäre es so anders als die Genitalspalte einer Meerfrau?

Sie rührte sich und er zwang sich, seinen Blick zu ihrem Gesicht zu heben. Große, braune Augen blinzelten zu ihm auf, und mit der verschwundenen Barriere in der Form einer Sonnenbrille fiel er in die Tiefen ihrer Seele. Ein warmes und wohliges Gefühl machte sich in ihm breit. Als hätte er nach einer einsamen Ewigkeit eine Gleichgesinnte gefunden.

„Wer bist du?" Ihre Aura färbte sich mit Verwirrung und reicherte sich mit den pinken Fäden purer Anziehung an.

Ohne nachzudenken, senkte er sein Gesicht und küsste sie.

ie Lippen des Fremden bewegten sich so talentiert, dass Madison nicht denken konnte. Stattdessen schloss sie einfach die Augen und erwiderte den Kuss. Mit der Hand packte sie seinen Oberarm, seine Muskeln tanzten unter ihren Fingern, als er sich über sie schob, seine Haut warm und vom Meerwasser feucht. Die verharrende Hitze ihres Orgasmus flammte erneut auf. Sein Körper presste sich gegen ihren und sie realisierte schnell, dass sie sich ihm entgegenstreckte, ihn zu sich zog.

Er reagierte, indem er eine Hand in ihren Nacken gleiten ließ, in ihre Haare, um ihren Kopf nach seinen Wünschen auszurichten. Er vertiefte den Kuss. Sein Mund schmeckte nach Salz und einem Hauch von Ingwer, als er seine Zunge zwischen ihre Lippen stieß.

Sie spürte den Beweis ihrer Erregung in ihr Höschen tropfen. Sie sog scharf den Atem ein, geschockt über die Reaktion ihres Körpers. Dieser Mann war ihr vollkommen fremd, und es war ihr egal. Noch nie war sie so geküsst worden. Er ließ sie brennen. Sie wollte, dass es niemals aufhörte. Sie wollte nicht zur Logik zurückkehren, die normalerweise ihren Alltag beherrschte. Zum ersten Mal in ihrem Leben fühlte sie sich frei, unbeschwert und wild.

Sie wanderte mit der Hand zu seinen Rippen, kam auf seiner Hüfte zum Liegen. Seine Erektion verlangte zwischen ihnen nach Aufmerksamkeit und sie wollte ihn so verzweifelt, wie zuvor noch keinen. Sie hob ihr Becken, presste es gegen seines, erfreut über das Stöhnen, das von seinen Lippen zu ihren wehte. Seine Hand verließ ihren Nacken und packte ihre Pobacke, knetete ihr Fleisch, bis er nach oben fuhr und ihre Brust fand. Ihr Nippel kribbelte, als hätte die Knospe nur auf seine Berührungen gewartet. Berauschende Empfindungen pulsierten durch ihre Adern und bündelten sich in ihrer Mitte.

Ihre Hand wanderte tiefer und rieb über seine Eichel, überrascht darüber, dass er schon nackt und bereit war. Der pulsierende Schaft in ihrer Hand löste den Wunsch in ihr aus, ihn ausführlich zu betrachten. Sie wollte ihn mit jedem Sinnesorgan erleben. So öffnete sie die Augen und fand sich unnatürlich limettengrünen Tiefen gegenüber. In einem Gesicht, das einem griechischen Gott gerecht kam, mit perfekt geformten Augenbrauen und einem kurzen, dunklen Bart.

Er zog sich zurück, entriss ihr seine Lippen und starrte auf sie hinab. Die Logik bemächtigte sich wieder ihres Verstandes: *Wo war dieser Mann hergekommen?*

Sie legte die Hand auf seine Wange und sein Ausdruck sprach von Schock. Mit beiden Händen schob er sich von ihr weg. Eine kalte Brise zwängte sich zwischen sie wie die kalte Klinge eines Messers. Dann rollte er um seine eigene Achse, packte die Reling und verschwand vom Boot. Sie blieb zurück, verwirrt blinzelnd, denn ... war das gerade eine grüne Schwanzflosse?

Sie sprang auf ihre Füße, marschierte an die Reling und blickte ins Wasser. *Fischschwanz?* Aber sie hatte einen Mann geküsst. Diese zwei Bilder passten so gar nicht zusammen. Meermänner existierten nicht!

Ihre kribbelnden Lippen, der Beweis seiner Küsse, widerlegten dies.

❮❮❮

RUBAC schoss wie die Harpune eines Jägers durch das Wasser, auf der Flucht vor seiner eigenen Begierde. Es sollte keine Rolle spielen, dass sie wusste, was er war.

Sein einziges Ziel bestand darin, sie zu töten. Wenn er sich von dem Bund mit der Meerfrau befreien wollte, musste er den zweiten Teil der Mission erfüllen. Durch die Frage in den Augen des Menschen und ihre veränderte Aura hatte er es geschafft, seine Lust zurückzudrängen. Nur deswegen hatte er sich erinnert, wer er war.

Was die Landläuferin von ihm dachte, kümmerte ihn. Er wollte nicht als Monster gesehen werden. Würde er aber nicht genau dazu werden, wenn er sie tötete?

Wie war es möglich, dass sein gesamtes Sein nach einer Frau hungerte, die nicht seine Gefährtin war? Und nicht nur das, nein, sie war ein Mensch. Empfanden Meerfrauen diese unberechenbare Begierde die ganze Zeit? War dies der Grund, dass sie immer und immer wieder neue Liebhaber brauchten, obwohl sie einen treuen Mann zu Hause hatten? Doch er wollte keine andere. Keinen anderen Menschen. Er wollte nur sie, die Frau auf dem Boot. Er stoppte auf seinem Weg in die Tiefe und rieb den Finger über sein Gebetsarmband, auf der Suche nach innerer Ruhe. Nach Führung. Durch die brodelnde Begierde in ihm fühlte er sich wie ein Tier. So sollte seine Mission nicht ausfallen! Nein, es sollte eine kurzweilige Kraftanstrengung sein! Schnell erledigt und schnell vergessen. Stattdessen schwamm er unter dem Boot, seine Erektion hinter der beschützenden Barriere wild pochend.

Beruhig dich. Es muss daran liegen, dass du schon seit Längerem nicht mehr in der Nähe einer Frau warst.

Wie hatten Meerfrauen aus dieser Verführungssache eine Regelmäßigkeit gemacht? Ein wütender Ton löste sich aus seiner Kehle, was einen Garibaldi-Schwarm in die Flucht jagte. Er war einem Zusammenbruch nahe. Er wollte diese Frau mehr, als er jemals zuvor jemanden gewollt hatte. Heilige Abgründe, aus welchem Grund sehnte er sich so verzweifelt nach ihr? Sicher war es die Schuld dieses verdammten Harfenlieds. Es hatte ihn genauso eingefangen wie die Menschenfrau. Doch das Lied war vorbei, die Harfe zerbrochen. Die Wirkung sollte aufgehoben sein. Warum war das nicht der Fall?

Unter dem Boot schwamm er eng gezogene Kreise und kämpfte gegen den Drang an, die Wasseroberfläche zu durchbrechen. Er wollte ihre wunderschönen, perfekten Brüste streicheln und ihre einladende braune Haut küssen, wollte sich tief in ihrer Hitze vergraben. Sein Körper summte mit unerfüllter Begierde. *Wenn du so weiter machst, wirst du früher sterben als geplant,* dachte er. Sie hatte ihn gesehen. Wartete wahrscheinlich mit einer Waffe auf ihn. Ihre Art war gefährlich. Sie waren

Raubtiere, allesamt. Schon seit der Spaltung von Atlantis jagten sie das Meervolk. Im Gegenzug jagten Meerfrauen die Menschenmänner. Es herrschte keine Liebe zwischen den Meerleuten und den Landläufern. Warum fühlte er sich dann so stark zu ihr hingezogen? Es hatte den Eindruck, als hätte sie die Harfe an ihm benutzt.

Eine schlechte Vorahnung machte sich in ihm breit. War das möglich? War es möglich, dass er sich durch diese Aktion eine weitere Gefährtin angelacht hatte, anstatt sich von der ersten zu befreien? Unmöglich. Meermänner banden sich für die Ewigkeit! Nein, es musste die Wirkung der Harfe sein, die er tief in seinem Inneren spürte. Das war alles. Er würde sich ihr erneut nähern, dieses Mal ohne die Hilfe von Magie, und dann würde er seine Mission beenden. Es blieb ihm nichts anderes übrig, sonst lief er Gefahr dem Wahnsinn zu verfallen, bei dem der Tod erst nach einem langen Leidensweg Erlösung versprach.

Die Menschenfrau ohne Magie zu verführen, könnte sich als schwierig herausstellen. Einfach wieder zu ihr zu schwimmen und sie sich zu nehmen, war keine sichere Option. Besser wäre es, ihre anderen Interessen gegen sie zu verwenden. Er hoffte nur, dass sie keine Waffe hatte. Von den Farben ihrer Aura wusste er, dass sie nach Wissen strebte. Sie würde Fragen über ihn und seine Art haben. Vielleicht wäre es ihm möglich, sie damit in sein Netz zu locken. Nah genug, um sie ins Meer zu ziehen …

Nein. Er rieb den Zeigefinger über seinen Nippel-Piercing, ein magisches Schmuckstück, das Vorahnungen in ihm auslöste. Sie ins Wasser zu zerren, das würde sie verängstigen! Von Vergewaltigung hielt er nichts. Er wollte sie verführen. Sie sollte sich bei ihm wohl fühlen. Er musste sich in ihre Welt einschleusen. Ihr erlauben, ihn zu sehen, ihn zu berühren.

Er musste sie verführen, indem er sich selbst als Beute anbot.

4

*M*adison gelang es nicht, ihren Schock zu überwinden. Wie erstarrt blickte sie auf den Punkt, an dem dieses perfekte Wesen eingetaucht war. Eine wahrgewordene Fantasie mit einem Waschbrettbauch, Schultern wie ein Schwimmer und einem … Fischschwanz.

Schwindel beherrschte ihren Kopf, ihre Beine bebten. War das gerade wirklich passiert? Sie hob eine Hand an ihre Stirn, spürte eine Beule. Sie hatte schon schlimmere Verletzungen gehabt. Allerdings fragte sie sich, ob die kleine Wunde zu Halluzinationen führen konnte, die wiederum physiologische Reaktionen auslösten. Ihre Fingerspitzen wanderten zu ihrem Mund. Sie zeichnete die geschwollenen Lippen nach, während sie das Blut auf ihrer anderen Handfläche musterte, das aus drei winzigen Löchern quoll. Seine Flosse war spitz gewesen. Und hatte sich sehr echt angefühlt.

Eine kalte Brise löste Gänsehaut auf ihrer nassen Haut aus. Ihre Kleidung klebte an ihrem Körper. Auf wackeligen Beinen erhob sie sich und lief in den windgeschützten Bereich der Steuerkabine. Bevor sie sich aus ihren Klamotten schälte, ließ sie den Blick über die Wasseroberfläche schweifen, doch das Meer weigerte sich, seine Geheimnisse preiszugeben. Sie erschauerte und wurde daran erinnert, dass sie sich dringend aufwärmen musste.

Sie riss sich die Hose herunter und setzte sich nur in ihrem Höschen auf den Drehstuhl, um das Salzwasser aus ihrer Kleidung zu wringen. Zweifel bahnten sich einen Weg in ihr Bewusstsein. Meermänner existierten nicht. Die Wissenschaftlerin in ihr lehnt es ab, diese Möglichkeit anzuerkennen, obwohl ihre Lippen kribbelten und ihre Hand blutete. Seufzend legte sie ihre Kleidung zum Trocknen über die Stuhllehne. Hatte sie ihn nur geträumt? Wenn ja, dann war es der realistischste Traum aller Zeiten gewesen. Sie sehnte sich erneut danach, seinen Körper an ihrem zu spüren und zu beenden, was sie begonnen hatten.

Unter Deck zog sie sich neue Kleidung an, ihre Haut klebrig vom Salzwasser. Sie war auf jeden Fall ins Meer gefallen und irgendwie schien sie es wieder an Bord geschafft zu haben. Dafür gab es aber keine Erklärung. Was genau war also passiert? Warum hatte der Fremde sie geküsst und sie heiß gemacht, nur um dann zu fliehen?

Zurück auf dem Deck lief sie zu der Seite, an der der Mann, oder was auch immer ihr einen Besuch abgestattet hatte, abgetaucht war. Die Wellen zeigten kein Anzeichen von irgendetwas, weder Mensch noch Meermann. Ein Mensch hätte von irgendwoher kommen müssen – irgendwohin gehen müssen. Doch das Ufer war weit entfernt, keine anderen Boote waren in Sicht. Eine Unterwasserbehausung? Ein U-Boot vielleicht?

Sie lehnte sich weit über die Reling hinaus. Ein ihr vertrautes Gesicht mit Bart und beunruhigend grünen Augen hob sich aus den Tiefen ihres Bewusstseins und sie schreckte japsend zurück. Sie erinnerte sich an das pulsierende Lied, das sich einen Weg direkt zu ihrer Pussy gesucht hatte. Vor allem aber erinnerte sie sich daran, wie sie der lustvollen Melodie gehorcht hatte.

Schließlich richtete sie sich auf, fuhr mit den Fingern durch ihre nassen Haare und blickte glasig drein. „Ich verhalte mich schlimmer als eine Studentin auf ihrer ersten Party", murmelte sie und schüttelte den Kopf.

Sie dachte an das schwere Gewicht seines Schwanzes an ihrer Hüfte, die samtweiche Überraschung seiner Nacktheit unter ihren Fingern. Natürlich war er nackt. Meermänner trugen keine Klamotten.

Bei dem Gedanken leckte sie sich über ihre Lippen. Sie konnte es nicht leugnen: Definitiv hatte sie einen Meermann geküsst. Sie sah sich auf dem Boot um, auf der Suche nach einem ihrer Assistenten, der hervorspringen und „reingelegt!" schreien würde. Doch sie war allein. Diese Entdeckung gehörte allein ihr. Und sie war echt.

Ihr Herz hämmerte gegen ihren Brustkorb. Ein Hybrid-Delfin würde gegen die Dokumentation eines Meermannes wahrlich abstinken. Auf der anderen Seite würde die Entdeckung eines Meermannes sie noch mehr zu einer Witzfigur machen, wenn sie es nicht schaffte, hieb- und stichfestes Beweismaterial heranzuschaffen. Sie nahm sich einen Moment und tippte ihre Koordinaten ins GPS. Würde er zurückkommen? Warum hatte er sich ihr überhaupt genähert? Bestimmt nicht nur, um ihr einen Kuss zu stehlen. Irgendetwas wollte er. Die Frage war nur, was?

Sicher, sie hatte von Meerjungfrauen gehört – von Sirenen, die Männer in ein nasses Grab lockten. Ihr Meermann hatte dies nicht getan. Um genau zu sein, hatte er sie aus dem Meer gezogen und ihr aufs Boot geholfen. Ohne ihn wäre sie ertrunken. Nein, sie glaubte nicht, dass er ihr wehtun würde. Er wollte lediglich …

Die Wände ihres Geschlechts zuckten, als sie an seine Absichten dachte. Oder war das nur, was sie wollte? Immerhin war er geflüchtet, ohne zu vollenden, was sie begonnen hatten. Warum? Ihre Nippel kribbelten bei der Erinnerung an seine magischen Küsse, an den berauschenden Griff in ihrem Nacken, auf ihrem Hintern, ihrer Brust. Mein Gott, wenn sie so weitermachte, müsste sie gleich selbst Hand anlegen.

Nachforschung. Sie musste sich auf ihre Nachforschungen konzentrieren. Einen Beweis für Meermänner aufzutreiben, wäre die Entdeckung des Jahrhunderts. Sie musste sich zusammenreißen und ihre gierige Pussy ignorieren. Sie brauchte eine Strategie. Auf keinen Fall durfte sie darüber in Gedanken schwelgen, wie es sich anfühlen würde, ihre Beine um seine Hüfte zu wickeln, ihre Brüste an seinen definierten Körper zu pressen …

Aufhören! Entschlossen schnappte sie sich ihr Gewebsentnahme-Instrument und schob es in ihren Hosenbund. Ihre kleine Kamera steckte sie in die Brusttasche ihrer Bluse. Sie musste auf alles vorbereitet sein. Ihre Daten mussten stichfest sein. Gewebeproben. DNA. Vielleicht könnte sie einen Plan ausklügeln, um diese Kreatur bei einer Rückkehr einzufangen. Ein Netz, das …

Sie erstarrte. Was waren das für Gedanken? War er eine Kreatur oder ein Mann? Ein Teil von ihm konnte auf jeden Fall einem Mann zugeordnet werden. Ob sie der erste Mensch war, dem er jemals begegnet war?

Vielleicht sollte ich ihn ficken. Das würde bei ihm einen bleibenden Eindruck von den Menschen hinterlassen. Ihre Pussy pulsierte zustimmend.

Aber mal ehrlich: Käme er zurück, würde sie die Unterhaltung filmen. Die erste Kontaktaufnahme. Na ja, die zweite, aber das wusste ja niemand, richtig?

So nahm sie sich einen Klappstuhl, machte es sich bequem und wartete auf ihren märchenhaften Liebhaber.

5

Madison wusste nicht, wie das möglich war, doch sie starrte genau auf die Stelle, an der er nach einiger Zeit auftauchte. Geräuschlos zeigte er sich ihr, näherte sich aus fünfzig Meter Entfernung. Mit Vorsicht, dem Licht der Nachmittagssonne in seinem Rücken. Das Wasser glitzerte wie tausend Diamanten. Sie schluckte schwer, zog ihre Kamera aus der Tasche, richtete sie aus und filmte. Dann stand sie von ihrem Stuhl auf und ging auf das Seitendeck zu.

Wieder schluckte sie schwer. „Hallo?" Ihre Stimme schwankte. Sprach er ihre Sprache? Konnte er überhaupt sprechen? Er war atemberaubend: breite Schultern, glitzernde, goldbraune Haut. Von hier konnte sie jedoch seinen Meermannschwanz nicht sehen. Kein Anzeichen darauf, dass er mehr als ein gewöhnlicher Mann war.

Zehn Meter entfernt stoppte er. „Ich grüße dich." Seine tiefe Stimme rollte über den Ozean wie die Ankündigung auf einen Sturm.

Gott sei Dank, er kann reden! Sie prüfte die Kamera, um sicherzustellen, dass sie alles aufnahm. „Ich heiße Madison. Und du?"

„Rubac."

„Bist du … Was bist du?"

Durch die untergehende Sonne hatte der Wind aufgefrischt, und sein Körper hob und senkte sich in der rollenden See, ohne jemals zu offenbaren, was sich unter der Wasseroberfläche verbarg. „Deine Art bezeichnet mich als Meermann."

Lautstark brachen die Wellen an dem Boot. Sie betete, dass die Tonqualität nicht darunter litt. „Darf ich … Darf ich dich sehen?"

Er lächelte und setzte zum Sprung an. Eine spitze Rückenflosse schoss durch die Luft, gefolgt von einem smaragdgrünen Schwanz. Sie packte die Reling, denn ihre Beine drohten nachzugeben. Das schwankende Deck hatte sich noch nie so unsicher angefühlt. „Du bist real."

Unaufhörlich näherte er sich und sagte: „Jetzt du."

Sie runzelte die Stirn. „Jetzt ich? Was meinst du?"

„Ich will dich sehen", verlangte er. Die kühle Brise wies sie darauf hin, wie feucht ihr Höschen war. Ein neuer Schwall gesellte sich dazu, als er befahl: „Zieh dein Oberteil aus."

Gerade wurde ihr zum ersten Mal klar, dass dieser Mann böse Absichten haben könnte. Schließlich war sie hier draußen vollkommen allein. Ihr Magen drehte sich und ihre freie Hand legte sich um ihre Kehle. „Bist du …" Sie schluckte lautstark. „Warum?"

Er senkte den Blick, als wäre er schüchtern, und tauchte unter, bis nur noch sein Kopf zu sehen war. „Auch ich bin neugierig."

Sie leckte sich über die Lippen, ihre Augen auf ihn fixiert. Auch er war neugierig. Okay, das war nur fair. Warum nicht. Sie hatte kein Problem mit ihrem Körper. Sie trug selten einen BH, nur wenn sie das musste. Daher hatte sie auch heute keinen an. Sie konnte das Video später noch bearbeiten. Niemand musste erfahren, was sie gerade im Begriff war, zu tun. Außerdem wollte sie seine Augen auf sich spüren. Wenn sie ehrlich war, wollte sie noch viel mehr von ihm spüren.

Sie stellte die laufende Kamera aufs Seitendeck, wickelte das Band um einen Angelrutenhalter und richtete sich wieder auf. Der Abendwind erinnerte sie daran, wie erhitzt ihre Haut bereits war, als sie ihre Bluse langsam über ihren Kopf hob. Sein hungriger Blick sandte winzige Stromschläge durch ihren Körper, die sich alle in ihrer Mitte bündelten.

Zu ihrer Freude wagte er sich aus dem Wasser, zeigte mehr von sich. Rinnsale flossen über seine Arme, seine Brustmuskeln, bis hin zu seinem Waschbrettbauch. Seine Nippel waren hart, perfekte, kleine Kreise auf seiner Brust. Verdammt, kein normaler Mann konnte mit diesem Körper mithalten!

Verführerisch ließ sie die Bluse über ihre Arme gleiten, dann landete das Kleidungsstück neben ihr auf dem Deck. Sein glänzender Meermannschwanz trieb mit ungeahnter Sinnlichkeit im Wasser, die Schwanzflosse ein breiter Fächer. Trotz ihrer Faszination für ihn, war es doch der mittlere Teil, auf den sie ihr Augenmerk richtete. Sie konnte den Übergang von seinem Bauch zu seinem Meermannschwanz bewundern. Und dann fiel ihr Blick auf seine Erektion, die durch ihr offensichtliches Interesse zuckte. Eine Hand rieb er über seine Länge und sie erschauerte.

Sie zwang sich, ihm ins Gesicht zu sehen. Ihre Pussy reagierte auf seine primitive Darbietung. Ihre Atmung beschleunigte sich. *Konzentriere dich, Madison. Du bist eine Wissenschaftlerin, kein hormongesteuerter Teenager.* Sie versuchte, sich von dem Lustnebel zu befreien, der ihre Sinne zu kontrollieren suchte und erinnerte sich an ihre Kamera. Sie justierte das Objektiv und zog den Knoten des Bandes fester. Dann richtete sie ihren Blick wieder auf die prachtvolle Kreatur im Wasser. Waschbrettbauch und glitzernde Brust in der untergehenden Sonne, nicht zu vergessen, ein muskeldurchzogener Meermannschwanz.

In dem Moment realisierte sie, dass es egal war, wie spektakulär die Aufnahmen wären. Niemals würde ihr jemand ohne die zugehörigen Gewebeproben Glauben schenken. Fotos konnten manipuliert werden. Sie brauchte stichfeste Beweise. DNA. Blutproben. Ihr Instrument zur Gewebsentnahme steckte noch immer in ihrem Hosenbund. *Wenn du es herausziehst, wird er verschwinden.* Vielleicht könnte sie ihn dazu überreden, an Deck zu kommen. Vielleicht würde er ihr freiwillig Gewebe überlassen. *Brich das Eis, stelle ihm Fragen, beschäftige ihn.*

„Also, Rubac, bist du oft hier?" Großartig. Wirklich super. Sie hatte sich auf billige Anmachsprüche reduziert.

Er trieb näher, bis er direkt neben dem Boot war. „Ich bin von meinem Zuhause weit entfernt."

„Wo bist du normalerweise zu finden?" Besser. Wissenschaftlicher. Das Problem war nur, dass seine Erektion wirklich eine Ablenkung darstellte.

„Das Meervolk ist überall im Ozean zu finden."

„Mein ganzes Leben verbringe ich schon auf dem Meer." Sie verschränkte die Arme vor der Brust. „Und doch habe ich noch nie jemanden wie dich gesehen."

Er zuckte mit den Achseln. „Wir entscheiden, wem wir uns offenbaren und wem nicht."

„Okay, warum offenbarst du dich dann mir?", fragte sie misstrauisch. Ein ungutes Gefühl machte sich in ihr bemerkbar. „Und woher kennst du meine Sprache?"

„Wir singen viele Lieder unter dem Wasser, kommunizieren auf vielfältige Weise." Sein Meermannschwanz spannte sich an; er schlug einen Salto und tauchte unter. Schnell wie der Blitz erschien er ihr wieder. „Was möchtest du noch wissen?"

Ihr Herzschlag verstärkte sich zu einem Donnern. „Würdest du ... würdest du an Bord kommen und mich deinen Meermannschwanz begutachten lassen?"

Sein Mund verzog sich zu einem Grinsen. „Zieh deine Hose aus. Ich möchte dich zuerst ansehen."

Ein Schauer schoss durch ihren Körper. Er wollte spielen? Na gut, sie würde sich darauf einlassen. Sie legte ihre

Hände auf ihren Bauch, in der Hoffnung, dass sie sexy auf ihn wirkte, und glitt langsam zu dem Knopf am Bund ihrer Hose. Seine limettengrünen Augen klebten wie gebannt auf ihren Fingern. Sie öffnete den Reißverschluss und schob eine Hand in die Öffnung, berührte sich selbst und entließ ein wohlüberlegtes Wimmern, als sie mit ihrer pulsierenden Klitoris in Berührung kam.

Seine Lippen teilten sich, seine Zunge hatte ihren Auftritt. Allein die Vorstellung, diese Zunge an ihrer Klitoris zu spüren, führte dazu, dass ihr Geschlecht zuckte. Dann sah er sie fordernd an. „Ausziehen", befahl er.

Sie riss die Hose über ihre Hüften, plötzlich verlegen bei dem Gedanken an ihr simples Baumwollhöschen. Würde einem Meermann das Fehlen von sexy Unterwäsche auffallen? Ihr Höschen rauschte zu ihren Füßen und sein glühender Blick schweifte über sie hinweg. *Anscheinend nicht.* Sie blinzelte und sagte: „Okay, ich habe meinen Teil erfüllt. Du meintest, dann würdest du an Bord kommen."

Er schwamm zum Heck des Bootes, zu der Plattform. Während sie ihn beobachtete, erinnerte sie sich daran, dass sie den Moment festhalten sollte. Sie schnappte sich die Kamera und richtete sie auf den hinteren Teil des Mietbootes aus. Das Boot geriet ins Schwanken, als er sich mit überraschender Leichtigkeit auf die Plattform hievte. Das Heck tauchte zum Teil unter und brachte eine plötzliche Wasserwoge mit sich.

Das Deck war nicht besonders geräumig und sie stand nah an der Kante, um eine gute Aufnahme zu gewährleisten. Er wedelte mit der Schwanzflosse in ihre Richtung und spritzte sie mit Seewasser voll. Das Schlimme an der Sache? Ihr rutschte die Kamera aus der Hand und sie fiel über die Reling direkt ins offene Meer. „Nein!", schrie sie und machte einen Satz. Doch zu spät, die Kamera und alle ihre Aufzeichnungen waren nicht mehr zu retten.

Gleich darauf wandte sie sich ihm zu. Er saß nah an der Kante, als hätte er vor, wieder ins Wasser einzutauchen, seine Oberarme waren angespannt und sein beeindruckender Meermannschwanz lag flach auf dem Deck. Seine limettengrünen Augen bohrten sich mit einer erschütternden Intensität in ihre.

Sie zwang sich zu einem Lächeln und hob beide Hände, um ihn zu beruhigen. Natürlich war sie alles andere als gelassen. Zwar hatte sie keine Aufnahme mehr von ihm, doch schließlich saß er nun direkt vor ihr. Dadurch bot sich ihr die Gelegenheit, mehr zu bekommen als einen bloßen Videobeweis. *Verschrecke ihn nicht.* „Meine Schuld. Ich hätte wissen müssen, dass du Bewegungsfreiheit brauchst, um an Bord zu kommen."

Daraufhin entspannte er sich sichtlich und lehnte sich gegen das Boot. Sein smaragdgrüner Schwanz streckte sich in ihre Richtung, die Schwanzflosse nur wenige Zentimeter von ihr entfernt. Aus der Nähe wirkte der Farbton beinahe wie eine Täuschung. Ihr Blick wanderte von der Flosse zu seinem Schoß. Sein Penis hatte sich wieder verborgen, doch eine Beule wies auf den genauen Ort hin. Sie bemerkte, dass sie diese Stelle zu lange angestarrt hatte, und ihre Augen schossen zu seinem Gesicht, wo ein belustigter Ausdruck auf sie wartete.

„Du kannst mich berühren, wenn du willst."

Mit geröteten Wangen kniete sie sich hin und ließ die Fingerspitzen über seine Schwanzflosse gleiten. Sie zuckte, als sich die Flosse ihren Berührungen entgegen hob. Ihre Haut kribbelte, wo Kontakt entstand, so harmlos und dennoch verführerisch. „Ich kann nicht glauben, dass ich einen echten Meermann berühre."

„Und ich kann nicht fassen, dass ich von einem echten Menschen berührt werde."

Der tiefe Klang seiner Stimme liebkoste ihr Inneres, entfachte eine primitive Reaktion, die sie genauso wenig kontrollieren konnte wie ihren Herzschlag. Erst jetzt wurde sie sich ihrer Nacktheit vollends bewusst. Ihrer Brüste, der Hitze zwischen ihren Schenkeln, dem Bedürfnis, gefüllt zu werden. Wie ein Seemann, der zu viel Zeit auf dem Meer verbracht hatte, war sie bereit. Und feucht. Sie sehnte sich danach, von ihm genommen zu werden. Und dieser Meermann war so … männlich. Diese breite Brust, der Waschbrettbauch und diese verdammten Augen, die sie immer weiter in den Bann zogen.

Sie fand sich auf ihren Händen und Knien wieder, wie sie sich rittlings auf ihn setzte, über seinen Meermannschwanz zu ihm rutschte. *Ich will sehen, wo der Fisch zum Mann wird*, erkannte sie. Ohne den Blick von seinen Augen zu nehmen, näherte sie sich ihm, bis ihre Brüste nur wenige Millimeter von seinem Oberkörper entfernt waren.

Dann strich sie mit den Fingern über den Piercing in seinem Nippel.

Der Meermann sog scharf den Atem ein, packte sie an den Oberarmen und riss sie an sich, um ihr erneut einen Kuss aufzudrücken, der sie alles um sich vergessen ließ.

6

$\mathcal{I}$n dem Moment, als der Mensch seine Schwanzflosse berührt hatte, wusste Rubac, dass er sie am Haken hatte. Ihre Aura strahlte seit seiner Ankunft mit pinkem Interesse und jetzt mit blinder Begierde in einem leuchtenden Rot, das sogar das Gold ihrer Neugierde überstrahlte. Er hatte nicht mal ein Lied anstimmen müssen. Sie wollte ihn.

Und er wollte sie.

Als sie das Schmuckstück an seinem Nippel berührte, das Vorahnungen bei ihm auszulösen vermochte, schoss seine Begierde in ungeahnte Höhen. Wie ein Sommersturm, so unerwartet und gewaltig. Jede Kontrolle, die er geglaubt hatte zu besitzen, löste sich in Nichts auf. Er packte ihr Gesicht mit beiden Händen und schob seine Zunge zwischen ihre Lippen. Sie schmeckte nach süßem Kombu und einem Hauch Kokos – eine Erinnerung aus seinen Tagen als lediger Meermann, als er es gewagt hatte, zu den Vulkaninseln nahe dem Äquator zu schwimmen.

Sie senkte ihr Gewicht auf seinen Schoß, ihre Hitze erreichte seinen bedeckten Schaft. Daraufhin lehnte sie sich ihm entgegen und erwiderte den Kuss mit der gleichen Intensität. Seine Hände landeten auf ihren Hüften, kneteten ihr Fleisch. Das Gefühl ihrer Schenkel um ihn berauschte ihn, machte ihn wahnsinnig vor Lust. Mit einer Hand stützte er sich auf dem Deck ab, drehte sich mit ihr in den Armen, um sie endlich unter sich zu spüren. Auf beiden Seiten ihrer Schultern platzierte er seine Handflächen. Ihre Brüste streiften dabei seinen massigen Oberkörper, während sich ihre Fersen in seinen Rücken bohrten. Das spornte vor allem seinen Schaft an, sich zu zeigen und die Hitze zwischen ihren Schenkeln zu finden.

Ohne den Kuss zu unterbrechen, rieb er mit dem Daumen über einen ihrer Nippel, zwickte hinein. Stöhnend wölbte sie sich ihm entgegen, bettelte nach mehr. Seine Hand wanderte tiefer, über ihre Rippen zu ihren ausladenden Hüften, von denen er nicht genug bekam. Schon bald erreichte er das Dreieck zwischen ihren Beinen und musste erkennen, dass eine Barriere zwischen ihm und der ersehnten Hitze lag. Daher bedeckte er ihr Geschlecht zunächst mit seiner Hand und zeichnete ihre Spalte durch das Material hindurch nach: Sie war feucht und bereit für ihn, ihre Klitoris geschwollen und pulsierend. Er umkreiste das Nervenbündel einmal, zweimal, bevor er ihren Eingang fand, Nässe sammelte, um damit ihre Klitoris weiterhin zu betören.

Während seine Erektion an ihrer Hüfte pulsierte, machten sich ihre Lippen an seinen zu schaffen. Gleichzeitig schob sie ihr Höschen herunter und kickte es schließlich von sich. Ihre einnehmende Aura brannte in sinnlichen Rottönen.

Selbst, wenn er aufhören wollte, so war ihm das jetzt, in dieser Situation, unmöglich! Ihr sexueller Hunger, ihr Verlangen nach ihm kontrollierte sein gesamtes Sein. In seinen Visionen hatte er seinen Erfolg gesehen, doch erneut war er zu einem Sklaven mutiert. Sein Schaft war bereit, ihre Beine hielten ihn gefangen, zogen ihn näher. So kam seine Eichel alsbald in erregenden Kontakt mit ihrer feuchten Öffnung. Ihre Lippen in den südlicheren Gefilden begrüßten seine Länge mit einem Kuss, ein Versprechen auf baldige Ekstase, die er nur in ihren Tiefen finden würde. Die weichen Löckchen auf ihrem Venushügel, ein krasser Kontrast zu den geschmeidigen Genitalspalten der Meerfrauen, schworen eine zusätzliche Empfindung in ihm hervor. Er wusste, dass er von einem Orgasmus nicht mehr weit entfernt war.

Sie umfasste sein Gesicht, lenkte seinen Kopf zu ihren Brüsten. Ihre dunklen Nippel waren hart und bettelten um Aufmerksamkeit. Und er war gerne bereit, ihr diese zu schenken. Er leckte ihr Fleisch. Seine Belohnung waren ihre lustvollen Laute, wie sie ihren Rücken wölbte, sich ihm gierig entgegen hob. Erst nahm er eine Knospe zwischen die Lippen, dann die andere, knabberte mit Vorsicht, immer darauf bedacht, sie nicht mit seinen scharfen Zähnen zu verletzen. Sie erschauerte und der Beweis ihrer Erregung tropfte aus ihrer Spalte.

„Ich will dich", stöhnte sie.

Er entließ ihren Nippel und berührte mit der Eichel ihren Eingang, folterte sie damit. Ihre Augen fanden die seinen, die braune Regenbogenhaut fast vollkommen von der schwarzen Pupille eingenommen. Sie nickte und presste ihre Fersen in seinen Rücken, um ihm klarzumachen, wie willig sie war.

Hart stieß er zu. Die Ekstase der Zusammenkunft erhob sich wie ein Tsunami in seinen Adern – nicht sichtbar, aber mit einer unausweichlichen Macht. Tief vergrub er sich in dieser Frau, in diesem Menschen, zog sich zurück, nur um erneut in sie einzudringen. Der Druck in ihm baute sich auf und lenkte ihn auf direktem Weg zum Gipfel.

Bei jedem Stoß kam sie ihm mit dem Becken entgegen. Ihre Aura wandelte sich auf dem Weg zum Höhepunkt von einem Scharlachrot über ein Violett zu einem strahlenden Weiß. Beide schienen sie dieselbe Welle zu reiten, Hand in Hand, in Erwartung auf die vernichtende Erlösung.

Die Wände ihres Geschlechts pulsierten um seine Länge, bettelten nach seinem Sperma. Und genau das gab er ihr; stöhnend ergoss er sich in ihr. Er brach zusammen, landete auf seinen Ellbogen, seine erhitzte Haut an ihrer. Ihre Atemzüge so hektisch wie seine, ein Zeichen von der gerade erlebten Leidenschaft.

Er lehnte seine Stirn gegen ihre, sein Verstand war verhangen von einem Lustnebel. „Wunderschön", sang er das Wort in seiner Sprache. Der Wunsch kam in ihm auf, sie in den Ozean zu ziehen, um dieses Feuer erneut zu entfachen. Dieses Mal aber mit der Strömung im Rücken, die sein Blut stets in Wallungen versetzte. Er wollte ihr sein Nest zeigen und es mit Schätzen füllen, die ihr Freude bereiten würden. Er wollte ihr Geschichten von der Unterwasserwelt vorsingen, um sie zu unterhalten. Wie war es nur möglich, dass sie ihn bereits jetzt vergessen ließ, wie sehr sein Herz bei dem Verlust seiner Gefährtin geschmerzt hatte? Einer Gefährtin, die er niemals geliebt hatte. Mit der er ein Baby gezeugt hatte, das er niemals wiedersehen würde. Er wollte sie vor Gefahren beschützen und sie glücklich machen. Dieser Mensch löste in ihm das Bedürfnis aus, wieder leben zu wollen, genau wie ihm seine Vorahnung das prophezeit hatte.

Dann erinnerte er sich an seine Mission: Nun, da er sie verführt hatte, musste er die Sache zu Ende bringen. Ihr warmer Duft füllte seine Sinne, während sich seine Hände auf dem Deck zu Fäusten ballten. Hilflos. Er fühlte sich hilflos. Das ergab keinen Sinn! Sie zu töten, sollte doch den einfachen Teil seiner Mission darstellen!

Er bebte, zwang sich, auf Abstand zu gehen, und verfluchte das Gewicht seines eigenen Körpers. Nun starrte sie ihn an, eine Sorgenfalte hatte sich zwischen ihren sanft geschwungenen Augenbrauen gebildet. „Was ist los?"

So konnte er sich ihr nicht stellen. Wie hätte er sie auch ansehen sollen, wenn er doch wusste, dass er jeden Moment ihr Vertrauen erschüttern würde. Durcheinander, mit Nerven, die nicht zur Ruhe kamen, streckte er die Hand nach der Reling aus, hievte sich darüber hinweg und tauchte in das Wasser.

7

Madison drehte sich auf den Bauch. Sie versuchte aufzustehen. Ohne ihn war es plötzlich so kalt. Verschwunden. Geflüchtet. Wie jeder andere Mann. Ein One-Night-Stand. War das alles, was er von ihr gewollt hatte? Ihr Herz brach.

Wissenschaftliche Nachforschungen, Madison, wirklich? Ihre Aufnahmen waren nicht mehr zu retten, versenkt im Meer. Und auch Gewebe- oder Blutproben hatte sie nicht sichern können. Was lief nur falsch bei ihr?

Ihre Hose lag neben der Motorverkleidung. Sie wurde rot, als sie sich an den Moment erinnerte, in dem sie sich der Jeans entledigt hatte, um ihn zu verführen. Der Wind verursachte Gänsehaut auf ihren Beinen. *Reiß dich zusammen,* tadelte sie sich selbst. *Zieh dich an, Weib.* Erst dann konnte sie ihren Verstand wieder benutzen.

Sie hob ihre Hose auf. Der klatschnasse Jeansstoff würde sich wahrlich unangenehm auf ihrer Haut anfühlen. Seufzend ging sie in die Kabine, wo sie die letzten Tage geschlafen hatte, und suchte sich ein frisches Höschen heraus. Sie hatte es bereits zu ihren Knien gezogen, als sie plötzlich innehielt.

Sicher, sie hatte keine Gewebeproben entnehmen können.

Allerdings gab es eine Probe, zu der sie sehr wohl Zugang hatte.

Eine Probe, die gerade aus ihr heraustropfte.

Ihre Kehle schnürte sich zu, als sie ihre Sachen nach einem sterilen Abstrichstäbchen durchsuchte. Wie konnte sie nur so dämlich sein? Ungeschützter Sex? Wer konnte schon ahnen, mit welchen Krankheiten Meermänner daherkamen. Ganz zu schweigen von einer Schwangerschaft! Oder war es nicht möglich, von einem Meermann geschwängert zu werden? Ihre Gedanken fuhren Achterbahn und eine Frage folgte der nächsten – Fragen, auf die sie keine Antworten wusste.

Sie öffnete die Plastikfolie mit dem Wattestäbchen und zögerte dann. Sie konnte es sich nicht erklären, aber es fühlte sich nicht richtig an, diese Probe zu entnehmen. Als würde sie ihn der Vergewaltigung bezichtigen, obwohl der Sex einvernehmlich gewesen war. Und wie würde sie diese spezielle Probe begründen? *Oh, na ja, ihr wisst schon, ich habe einen Meermann verführt, um an sein Sperma zu gelangen.* Damit würde sie sich zum Gespött der Leute machen.

Trotzdem wäre die Probe legitim, ob er nun ein Mann oder ein Fisch war. Zur Hölle, wahrscheinlich würde sie niemals an einen anderen Beweis für seine Existenz kommen.

Sie entnahm die Probe und steckte das Wattestäbchen in den Kunststoffbehälter mit der implementierten Trägerlösung, bevor sie alles gut verstaute. Bei dem Gedanken, ihr Sexleben für wissenschaftliche Zwecke zu missbrauchen, wurde ihr übel. Vielleicht kehrte er zurück. Nein, das war dämlich. Als würde sie am Tag nach einem Date auf einen Anruf warten! Gleichwohl erhob sich Hoffnung in ihrem Inneren. Noch nie in ihrem Leben hatte sie eine derartige Verbindung zu einem Mann gespürt, und sie hatte das Gefühl, dass es Rubac genauso ergangen war.

Sie hatte das Boot nur noch bis morgen. Sollte sie ein wenig länger ausharren? Auf ihn warten? Sie verhielt sich wirklich wie ein Teenager. Der wissenschaftliche Teil ihres Gehirns befahl ihr, zu verschwinden. Jetzt und auf der Stelle. Ihr Herz jedoch wollte warten, wollte ihm bis morgen Zeit geben. Niemand hatte bewusstseinserweiternden Sex und schaffte es, danach so weiterzumachen wie zuvor, oder?

Rubac musste einfach wiederkommen.

DAS MEER KÜHLTE Rubacs erhitzte Haut und das rauschende Blut in seinen Adern verlangsamte sich. Wie sollte er sie jetzt noch umbringen? *Deswegen wird es Mission genannt*, sagte er sich selbst. *Eine Mission ist niemals einfach.*

Wenn er sie tötete, wäre er nicht besser als die Meerfrauen, die er abgrundtief verachtete.

Er konnte den Gedanken nicht ertragen, das Blut des Menschen – Madisons Blut – an seinen Fingern kleben zu haben. Sie war kein gefährliches Raubtier. Sie war auf der Suche nach Wissen, genau wie er. Sie war ein Gast in seinem Meer. Und ihre Aura war so anziehend wie die Spalte zwischen ihren Schenkeln.

So trieb er dahin, ohne Ziel, und erlaubte seinen Gedanken, mit ihm zu treiben. Seine Zeit an der Luft hatte seine Haut ausgetrocknet und jeder Millimeter an ihm kribbelte. Er hob seine Arme und schwamm träge durch das blaue Meer, wirbelte herum und drehte Saltos. Das Gewicht seiner Aura hatte sich seit Jahren nicht so leicht angefühlt. Nicht mehr, seit er von einer

Meerfrau eingefangen wurde. Endlich hatte er das Gefühl, den Ozean wieder genießen zu können.

Er filterte erfrischendes Wasser durch seine Kiemen und jagte durch einen Fischschwarm, umkreiste ihn, bis sie einen silbernen Ball formten. Als Nächstes tauchte er zu dem steinigen Grund, neckte eine Flunder, bis sie ihr Versteck im Sand aufgab. Nach einer scharfen Kurve kitzelte er den Bauch eines Seebarschs, der sich sogleich umdrehte und nach mehr Streicheleinheiten verlangte.

Noch nie hatte sich Rubac derart lebendig gefühlt.

Er drehte sich auf den Rücken und blickte zu dem dunklen Fleck, der ihm die Position des Bootes verriet. In seinem Inneren begab er sich auf die Suche nach jener Sehnsucht, die er eigentlich für seine verstorbene Gefährtin fühlen musste, und fand nichts. Leere. Seine Aura war befreit davon. Musste er wirklich die Menschenfrau umbringen, um den Gefährten-Bund zu brechen? Oder war Intimität die Lösung zu seinem Problem gewesen?

Er schmeckte Freiheit. Also musste es wahr sein. Der Gedanke zauberte ein Lächeln auf sein Gesicht und er beschleunigte auf dem Weg zu den Nistplätzen. Es bestand die Möglichkeit, dass das Walorakel ihn absichtlich in die Irre geführt hatte. Wenn die Mission von Anfang an nur die Verführung vorgesehen hatte, wäre Rubac niemals darauf eingegangen. Die Verführung eines Menschen zu einem Meilenstein zu machen, hatte ihm ein Ziel gegeben und ihm erlaubt, die Aufgabe zu vollenden.

Eine Aufgabe, die sich nicht so schwer gestaltet hatte, wie zunächst vermutet. Sein Schaft zuckte bei der Erinnerung an Madisons weiche Kurven und ihre einladenden braunen Augen. Er überlegte sogar, sie erneut aufzusuchen. Dann hielt er an und starrte auf einen dunklen Felsen, der aus dem Meeresgrund ragte.

Trotz seiner Depression, die ihn jedes Mal befallen hatte, wenn seine Gefährtin ihn verließ, hatte er sich nie auf ein Wiedersehen gefreut. Sex mit ihr, obwohl es zufriedenstellend gewesen war, hatte sich immer wie eine Zumutung angefühlt. Der Akt hatte ihn ausgesaugt, seine Seele geschwächt und zerbrechlich zurückgelassen. Nach ihren gelegentlichen Besuchen hatte er stets Tage gebraucht, um sich zu erholen. Meermänner glaubten, dass die Kraftlosigkeit nach dem Koitus auf Einsamkeit zurückzuführen war, auf die Leere, welche die Gefährtinnen in den Seelen ihrer männlichen Partner hinterließen. Könnte es etwas anderes sein? War es möglich, dass seine Gefährtin ein Stück seiner Seele mit sich genommen hatte, um ihre eigene zu nähren? Hatte sie ihm bei jedem Besuch Lebenskraft geraubt, bis er nicht länger in der Lage war, ohne sie zu überleben? Und im Umkehrschluss:

Hatte nun diese Menschenfrau seine Lebenskräfte mit neuer Energie gefüllt?

Er hob seine Hand und analysierte seine Aura: Das gewohnte goldorangene Glühen breitete sich auf seiner Haut aus, durchzogen von violetten, lebenserhaltenden Wirbeln. Noch nie hatte er seine eigenen Farben so hell leuchten sehen! Er entließ eine fröhliche Melodie, womit er einen Fischschwarm in Angst und Schrecken versetzte. Tatsächlich hatte er es geschafft! Er hatte den Bund durchbrochen!

Ihm kam noch ein Gedanke: Diese wiedergewonnene Kraft musste von irgendwoher gekommen sein. Er hatte seine Seele nicht ohne Hilfe wiederhergestellt. War es möglich, dass er die Lebenskraft von Madison gestohlen und sie damit so leer und verletzlich zurückgelassen hatte, wie er es zuvor gewesen war?

War es das, was der Wal gemeint hatte, als er sagte, dass Rubac einen Menschen opfern müsste?

Die Freude, die er bei der Erkenntnis empfunden hatte, Madison doch nicht umbringen zu müssen, schwand dahin. Wenn seine Vermutung der Wahrheit entsprach, war er nicht besser als die verachtungswürdigen Meerfrauen. Auch er hätte dann einen Liebhaber gebrochen.

Der Schatten des Bootes war nicht mehr zu sehen, da sich der strahlend blaue Himmel verdunkelt hatte. Rubac rief sich Madisons atemberaubende Farben ihrer Aura in Erinnerung: Das leuchtende Gelborange stach darunter besonders hervor; es hatte ihm sofort verraten, dass sie so wissbegierig war wie er. Panik machte sich in ihm breit und ein ungeahnter Beschützerinstinkt meldete sich, den er sonst nur bei seinem Nachwuchs verspürte. Er wollte nicht wie seine tote Gefährtin sein. Er wollte nicht wie die anderen Meerfrauen sein, die ihren Sexpartnern jeglicher Lebenskraft entzogen.

Er entließ einen Schwall aus Bläschen und schwamm zur Wasseroberfläche, den wogenden Wellen entgegen. Seine Schwanzflosse bewegte sich so schnell, wie es seine Muskeln erlaubten. Er musste sichergehen, dass es Madison gut ging.

Madison stellte den Funk ein und setzte dann den Anker. *Verdammter Bootsverleih.* Indem sie das Boot eine weitere Nacht behielt, würde ihre Kaution flöten gehen. Was zu der Frage führte, wie sie nächsten Monat ihre Miete bezahlen sollte. Das war mit absoluter Sicherheit das Dämlichste, was sie jemals getan hatte – sogar noch dämlicher, als an Stellersche Seekühe zu glauben. Doch ihr Herz konnte eine erneute Niederlage nicht ertragen.

Sie zog ihren Schlafsack heraus, schlüpfte aus den Schuhen und positionierte den Klappstuhl so, um den Ozean im Blick zu haben. Dann gönnte sie sich einen Proteinriegel und trank einen Energiedrink. Sie mochte den Geschmack nicht, musste jedoch wach bleiben. Die Sonne sank ins Wasser und zauberte Neonfarben über den Horizont. Gut, dass heute ein Halbmond war. Ohne ihre Kamera musste sie auf ihr Handy vertrauen. Es bot nicht die beste Qualität, aber sie hoffte, trotzdem ein paar gute Bilder herauszuschlagen.

Noch hatte sie nicht entschieden, was sie tun sollte, falls der Meermann zurückkehren würde. Auf jeden Fall wäre sie bereit; in dem Punkt hätte sie sich also nichts vorzuwerfen. Ein Pfeil zur Gewebsentnahme lag in ihrem Schoß und ihr Handy hing an einem Band um ihren Hals. Schließlich durfte sie nicht auch noch dieses Gerät in den Wellen verlieren. Eingekuschelt im Schlafsack, um der eisigen Kälte der Nacht entgegenzusetzen, machte sie es sich auf dem Stuhl bequem.

Ihre Stirn pochte an der Stelle, an der sie beim Sturz ins Wasser gegen die Reling geknallt war. Um sich zu beschäftigen, lud und entlud sie wiederholt das Instrument zur Gewebsentnahme. Dann machte sie ein Selfie. Immerhin musste sie sicherstellen, dass ihr Handy fehlerfrei funktionierte. Sie löschte das Bild, schaltete den Blitz ab und aktivierte den Nachtmodus. Sie zog am Reißverschluss des Schlafsacks. Rauf, runter, rauf, runter.

Der Ozean glühte schwarz unter den Millionen Sternen über ihr, in Erwartung auf den Mond, der sich bisher im Verborgenen hielt. Heute war ein langer Tag gewesen. Beizeiten war sie aufgestanden, um den Delfinen nachzujagen. Danach war das Erlebnis mit dem Meermann gefolgt. Was wohl aus den Delfinen geworden war? Ob der Meermann den Schwarm verschreckt hatte? Von was ernährte er sich?

Der Gedanke brachte eine sexy Alternative mit sich, und sie stellte sich vor, wie sich sein Mund an ihrer Pussy anfühlen würde. Ihr gesamter Körper erhitzte sich. Verdammt, sie wollte ihn. Nochmal. Sie leckte sich über ihre trockenen Lippen, während ihr Geschlecht gierig zuckte. Dies würde eine lange Nacht werden.

Ein lautes Platschen ließ sie aufspringen. Ihr Herzschlag beschleunigte sich, als etwas gegen das Boot krachte. *Er ist zurück.* Hektisch atmend trat sie einen Schritt nach hinten, richtete ihr Handy aus und stolperte sogleich über ihren Schlafsack. Sie verlor das Gleichgewicht und landete hart auf dem Deck. Das Instrument fiel ihr aus der Hand, doch wenigstens wurde das Handy durch das Band um ihren Hals vor einem Bruch bewahrt.

Der tiefe Mond am Horizont zeigte den Umriss eines Mannes, den Kopf und seine Schultern, wie er seitlich ins Boot spähte.

Sie verfluchte sich für ihre eigene Dummheit, den Blitz ausgeschaltet zu haben. Sie hatte nicht so schnell mit seiner erneuten Anwesenheit gerechnet und fummelte nun hektisch an ihrem Handy herum.

Eine Bariton-Stimme schnitt durch die Nacht: „Deine Aura ist erblasst. Dafür entschuldige ich mich."

Ihr Finger schwebte über dem Auslöser. „Für was entschuldigst du dich?"

„Dass ich von dir genommen habe."

Sie senkte ihr Handy, schließlich wollte sie ihn mit dem Blitz nicht erschrecken. Wenn sie jetzt ein Bild machte, würde sie sowieso nur seine menschliche Hälfte ablichten. „Was hast du mir genommen?"

„Fühlst du es nicht?"

Sie schüttelte den Kopf. „Was soll ich fühlen?"

„Deine Aura ist blasser geworden. Ich wollte dich nicht gebrochen zurücklassen."

Aura? Wovon zum Teufel redete er bitte? Sie öffnete den Schlafsack und befreite sich daraus, ohne den Blick von ihm zu nehmen. Sein Kopf senkte sich, als wäre er im Begriff zu verschwinden. Sie streckte ihre Hand aus. „Bitte geh nicht!"

Er zeigte sich abermals und brachte das Boot ins Schwanken.

Auf ihren Knien krabbelte sie zu ihm. *Bringe ihn zum Reden.* „Wie viele gibt es von eurer Art?"

„Wenige." Je näher sie ihm kam, desto heiserer hörte sich seine Stimme an. Es erinnerte sie an ihr früheres Zusammentreffen und sofort spürte sie das Verlangen erneut in ihr aufkeimen.

„Wirst du wieder zu mir aufs Boot kommen?"

Er zögerte, sein schattiger Umriss bewegungslos. Dann plötzlich hob er sich über die Reling und brachte mit sich eine Dusche aus Salzwasser.

Sie bekam kaum Luft. Ihre Hand schloss sich fester um ihr Handy, bewegen konnte sie sich jedoch nicht. *Er ist nur zwei Meter von dir entfernt, verdammt. Schieß das Foto!* Dennoch regte sie sich nicht. Bei dem Gedanken, dass sie ihn in die Flucht jagen könnte, machte sich diese unheimliche Leere in ihr bemerkbar.

„Warum bist du zu mir gekommen?" Langsam näherte sie sich ihm, ihre Atmung war flach.

Rhythmisch prallten die Wellen gegen das Boot, während er zu überlegen schien, was er ihr sagen sollte. Seine Stimme kam nach einer Zeit so tief über seine Lippen, dass das Deck unter ihren Füßen vibrierte. „Ich brauchte ein Heilmittel." Er streckte die Hand nach ihrer Brust aus, stoppte sich wenige Millimeter vor ihrer Haut. Für einen kurzen Augenblick glaubte sie, gesehen zu haben, dass er violett aufleuchtete. Seine Hand senkte sich. „Ich werde nicht erneut von dir nehmen, Madison."

Er drehte sich und legte seine Hände auf die Reling.

Mit der Befürchtung, dass sie ihre Chance auf ewig verwirken würde, sprang sie auf ihn zu. Ihre Arme wickelten sich um seinen Körper und sie schaffte es, ihn zurückzuziehen, wodurch sie beide hart auf dem Deck landeten. Bevor er sich von dem Sturz erholen konnte, fixierte sie seine Hände neben seinem Kopf. „Unser Gespräch ist noch nicht vorbei."

Er spannte die Muskeln an, hob sie mit Leichtigkeit hoch – der Beweis, dass sie machtlos gegen ihn war. Dann entspannte er sich, lag bewegungslos unter ihr. Der Mond stand hoch am Himmel und warf sein silbriges Licht aufs Deck. Seine Augen leuchteten in jenem limettengrünen Farbton, während seine Haut von diesem merkwürdigen Violettnebel umgeben war. Sie war sich plötzlich bewusst, dass ihre Pussy auf seinem Waschbrettbauch ruhte.

Ein schiefes Grinsen zeigte sich bei ihm und sie beobachtete, wie er sich über seine Lippen leckte. Verdammt, dieser Mann war das sexuellste Geschöpf, das sie jemals kennengelernt hatte. Sie atmete zittrig aus. Er hob das Kinn, blähte die Nasenflügel, als würde er eine frische Brise genießen. Seine Stimme folgte, so köstlich klingend, dass sie eine direkte Wirkung auf ihre Pussy hatte. „Du bist sehr verwirrend, Frau."

Der Griff an seinen Armen lockerte sich, ihre Knochen verwandelten sich scheinbar zu Wackelpudding. „Und du bist ein faszinierender Mann. Versprich mir bitte, dass du nicht einfach verschwindest."

„Wie es aussieht, stehe ich unter deinem Kommando." Belustigt zog er eine Augenbraue hoch.

Sie ließ ihn los, erhob sich aber nicht von seinem Bauch.

Er wand sich unter ihr und legte seine Hände auf ihre Hüften, seine Daumen zeichneten erregende Muster auf ihre Haut. Feurige Empfindungen schossen durch ihren Leib. *Lass dich nicht schon wieder von deinen Hormonen aus der Fassung bringen!* Er war wirklich hinterlistig. Und ständig antwortete er in Rätseln, erzählte ihr von Auren und anderem Blödsinn. Sie musste ihr Herz aus der Sache heraushalten. Ihr Blick fiel auf das Instrument zur Gewebsentnahme, das sie hatte fallenlassen. Es lag unweit des Klappstuhls.

„Deine Aura verändert die Farbe so oft wie ein Tintenfisch." Er schien sie äußerst amüsant zu finden. „Sag mir, nach was du gerade suchst, Madison."

Mit einem schuldigen Ausdruck fand sie seine Augen. Sie schluckte schwer und entschied, ihm die Wahrheit zu sagen. „Ich möchte die Entdeckung von dir dokumentieren."

„Was meinst du damit?"

„Ich möchte einen Artikel über dich schreiben." Sie überlegte, wie sie ihn taktvoll nach einer Gewebeprobe fragen sollte.

„Ah." Er nickte beeindruckt. „Du bist eine Wächterin von Mythen."

Ihr Blut rauschte in den Ohren. „Nicht von Mythen, nein, von der Wissenschaft. Der Wahrheit." Wenn sie belegen konnte, dass Meerleute existierten, würde sie einen Mythos zerschlagen. Bei ihrem Ruf würde es jeder wagen, sie als Lügnerin zu deklarieren. Dabei spielte es auch keine Rolle, wie aussagekräftig ihre Daten wären, es gab immer jemanden, der alles hinterfragen würde. Trotzdem musste sie es versuchen. Wie konnte sie das nicht, wenn sie einen Meermann vor sich hatte? Zwischen ihren Beinen … Sie schüttelte den Kopf, um den Lustnebel zu vertreiben. „Wenn ich

Gewebeproben nehmen darf, kann ich beweisen, dass du kein Mythos bist."

Seine Hände spannten sich an ihren Hüften an. „Du willst, dass die Menschen wieder auf die Jagd nach uns gehen."

Entsetzt legte sie ihre Hände auf seine. „Nein! Niemals!"

„Ich kann nicht erlauben, dass du etwas über mich schreibst." Schneller, als sie antworten konnte, drehte er sie auf den Rücken und schob sich über sie, sein Gesicht nur wenige Zentimeter von ihrem. Nun fixierte er ihre Hände auf dem Deck.

Aus welchem Grund auch immer hatte sie keine Angst vor ihm. Wenn er sie wirklich umbringen wollte, hätte er das schon lange erledigen können. Seine Nähe schürte das Feuer in ihr und ihre Nippel kribbelten. Sie unterdrückte das Bedürfnis, ihre Beine um ihn zu schlingen. „Was hast du mit mir vor?"

Ein Knurren löste sich aus seiner Kehle. „Ich möchte dich nicht verletzen."

„Dann hilf mir", flehte sie ihn an.

„Ich kann dir nicht geben, nach was du verlangst."

Sie verzog das Gesicht und spürte, dass ihr die Tränen kamen. „Ich muss mit Beweisen zurückkommen. Ich möchte nicht mehr das Gespött aller sein."

Sein Griff wurde sanfter. „Du warst nicht hier draußen, um mich zu finden. Vielleicht kann ich dir mit der Sache helfen, für die du gekommen bist."

„Nur, wenn du weißt, wo ich einen Hybrid-Delfin finde."

„Du meinst K'kee'ei." Der Name klang wie die perfekte Kopie eines Delfinlauts. „Du bist auf der Jagd nach Delfinen."

Obwohl er sein Gewicht nicht vollkommen auf sie herunterließ, fiel es ihr mit einem Mal schwer, Luft in ihre Lungen zu bekommen. „Ich möchte dem Delfin nicht wehtun. Ich möchte nur die Abstammung dokumentieren."

„Genealogie?"

„Etwas in der Art, ja."

„Du wirst ihr keine Schmerzen zufügen?"

„Nein. Ich möchte nur Fotos und sie ausmessen." Ein Silberstreifen am Horizont. Es wäre einfacher, ihre Kollegen von einem neuen Hybrid in der Natur zu überzeugen. Vielleicht war es ihr mit Rubacs Hilfe sogar möglich, an DNA zu kommen. „Und eine

Gewebeprobe. Das könnte piksen, aber es wird keine langfristigen Schäden verursachen."

Für einen Moment beobachtete er sie, musterte sie. „Deine Aura sagt mir, dass du die Wahrheit sagst." Er rollte von ihr herunter, blieb ihr nah, aber hielt sie nicht länger davon ab, sich zu bewegen. „Wenn du mir versprichst, niemandem etwas von mir zu erzählen, können wir uns bei Sonnenaufgang auf die Suche nach K'kee'ei begeben."

Ein Lächeln erhellte Madisons Gesicht, woraufhin sich Rubacs Zweifel, ihr zu helfen, auflösten. Sie streckte die Hand aus und legte sie auf seine Brust, warm und einladend direkt über sein Herz. Ihre Stimme war vor Aufregung ganz heiser, als sie sagte: „Wirklich? Vielen, vielen Dank!"

Ihre Berührung brachte sein Blut zum Kochen und lockte Instinkte an die Oberfläche, die er sich nicht erlauben durfte. Noch immer hatte er panische Angst davor, ihre Aura zu zerstören, ihre Lebensgeister auszulöschen. Und dann musste sie natürlich ein atemloses Stöhnen entlassen. Ihr Blick wanderte zu seinen Lippen, weiter nach unten … Die Lust, die er für sie hegte, verwandelte sich in unbändiges Verlangen. Seine Triebe konnte er nicht bestreiten.

Nicht, wenn seine Haut bei ihrem Kontakt kribbelte und ihn das Bedürfnis vereinnahmte, mehr von ihr zu bekommen.

Er legte seine Hand in ihren Nacken, küsste sie und erkundete ihre Lippen mit seinen. Seine andere Hand fand ihre Brust, das Baumwollmaterial grob. Er riss es zur Seite, um ihre nackte Haut zu spüren. Jetzt brauchte er noch mehr. Seine Finger glitten um ihren Brustkorb zu ihrem Rücken, hinein in ihre Hose, bis er ihren Hintern packen konnte. Sie stöhnte in seinen Mund.

Tief in seinem Inneren befürchtete er, dass dies ein großer Fehler war. Dass er von ihr nahm, von ihr stahl. Mehr, als er ihr im Gegenzug geben konnte. Er presste sie mit dem Rücken aufs Deck, streckte sich über ihr aus. Sie schlang ihre Arme und Beine um ihn, womit sie ihm erlaubte, seinen Schaft in Position zu bringen. Sie wollte ihn genauso verzweifelt wie er sie. Zudem würde sie liegend nicht merken, dass er sie anzapfte.

Er löste seine Lippen von ihren, küsste einen Pfad über ihren Kiefer bis zu ihrem Ohr. An dem empfindlichen Ohrläppchen knabberte er sanft und wurde mit einem Lustschauer ihrerseits belohnt. Nun stimmte er ein tiefes Summen an, erreichte ihre Aura mit den Vibrationen seiner Stimme und spürte, wie ein erneuter Lustschauer durch ihren Körper jagte. Seine

Hand wanderte zu ihrem bedeckten Geschlecht und ergötzte sich daran, wie feucht das Material war.

Sein Schaft zuckte, eifersüchtig auf seine Finger. Er wollte sich in ihr verlieren. Dennoch wusste er, dass er etwas runterfahren sollte, denn er wollte es zumindest versuchen, einen gleichwertigen Austausch zwischen ihnen zu gewährleisten. Das wäre der Schlüssel zu diesem Akt. Er wollte, dass der Sex ein energiegeladenes Geben und Nehmen war – ein niemals endender Kreislauf der Leidenschaft zwischen ihr und ihm.

Wieder wanderte seine Hand in ihren Bund, dieses Mal auf der Vorderseite. Behutsam schob er den Schritt ihres Höschens beiseite. Sie war so feucht, so bereit für ihn und hob ihm gierig ihr Becken entgegen. Er umkreiste ihre Öffnung und ertastete eine Hitze, die ihm ein ungeduldiges Knurren entlockte. Zwei Finger stieß er in sie und sie schnappte nach Luft.

Ihre Hände fanden ihre Hose, öffneten sie und entfernten das einschränkende Material nach unten über ihre Beine. Er rollte auf die Seite, um sie bei ihren verzweifelten Bemühungen zu beobachten. Sogleich mischte sich zu seiner Erregung ein Hauch von Belustigung.

Prachtvoll in ihrer Nacktheit drehte sie sich zu ihm, ihr feuchtes Geschlecht für seine Augen entblößt. Ihr Blick wanderte zu seiner Erektion, die sich befreit hatte und auf sie wartete. Zunächst wollte er jedoch ihre Befriedigung sicherstellen. „Noch nicht. Ich will, dass du vorher einmal kommst", sagte er.

Sie fand seine Augen, setzte zum Protest an. Bevor auch nur ein Ton über ihre Lippen kam, küsste er sie und brachte sie erfolgreich zum Schweigen. Seine Hand fand abermals ihre Pussy und ihre feuchte Spalte. Tief drang er mit seinen Fingern ein, erkundete ihre Höhle. Er bekam einfach nicht genug davon, wie ihr Körper auf seine Berührungen reagierte, wie sich die Wände ihres Geschlechts um seine zwei Finger zusammenzogen. So fügte er schließlich einen dritten hinzu und stieß in ihre Hitze, bis der Nektar ihrer Begierde seine Hand tränkte. Ihre Atmung beschleunigte sich, ihre Brüste bebten und bei jedem Atemzug pressten sich ihre süßen Nippel gegen das dünne Oberteil. Rein und raus glitt er, veränderte immer wieder das Tempo und den Winkel seiner Stöße und trieb sie damit näher an die Klippe.

Jedes Mal, wenn sie bebte und ihre Atmung stockte, hielt er inne, um ihren Höhepunkt hinauszuzögern. Er wollte, dass sie flog, wenn sie kam. Von weit oben direkt in den Abgrund. Ihre Aura leuchtete auf, purpurfarben wie das Licht der untergehenden Sonne, als sich ihr Orgasmus unaufhaltsam näherte und sie ungeahnte Höhen erreichte.

Ihr Becken passte sich seinen Bewegungen an und sie flehte: „Rubac, bitte!"

Doch er wollte sie noch höher treiben. Er ersetzte seine Finger durch seine Zunge. Sie schmeckte süß und so natürlich, ihre Falten mit ihren eigenen Säften behangen. Nun packte er beide Pobacken und küsste ihre unteren Lippen, so leidenschaftlich und tief, wie er das auch mit ihrem Mund tun würde. Ihre glitzernden kurzen Löckchen kitzelten seine Nase und hüllten ihn in ihren köstlichen Duft. In diesem Moment konzentrierte er sich einzig und allein auf ihre Befriedigung, sein Blick dabei stets auf ihre pulsierende Aura gerichtet.

„Sag, dass du mir gehörst", knurrte er an ihrem Geschlecht, bevor er den Kopf von links nach rechts drehte, um den Rhythmus seiner Stimulation zu erhöhen.

„Ja, was auch immer du willst! Ja!" Sie bebte unter ihm, wölbte sich ihm entgegen. Daraufhin packte er sie fester am Hintern, um es ihr zu erleichtern, sich auf seiner Zunge Befriedigung zu verschaffen.

Erneut summte er, der Laut kroch seine Kehle hinauf und er genoss den Lustschauer, den er damit bei ihr auszulösen vermochte. Sie war perfekt. So perfekt. Er erlaubte es, dass die Vibrationen auf ihre Schamlippen übergingen, und sie schrie: „Oh, ja, genau da, genau da!"

Er leckte sie, tauchte immer wieder tief in ihre Pussy und spürte schon bald die Veränderungen. Sie war nicht mehr weit von einem Orgasmus entfernt. Und er wollte ihr Gesellschaft leisten. Daher zog er seine Zunge aus ihrer köstlichen Hitze und bahnte sich einen Weg ihren Körper hinauf, zu ihrem Gesicht, bis er ihr direkt in die Augen sah. In ihre wunderschönen, einnehmenden Augen, die ihm jedes Mal den Atem raubten.

Abermals wickelte sie ihre Beine um ihn und wölbte sich ihm einladend entgegen. Er nahm diese Einladung an, drang in sie ein und verlor sich in ihrer Hitze. Bei der Invasion schnappte sie nach Luft. Ohne den Augenkontakt zu unterbrechen, verabschiedete er sich aus ihrer Höhle, nur um sich erneut in ihr zu vergraben. Langsam und gedehnt. Tief und auf ein Ziel hinarbeitend. Rein und raus bewegte er sich, seine Hüften vor und zurück, in einem gleichmäßigen Tempo in ihre pulsierende Pussy hämmernd.

Ihre Aura glühte in einem blendenden Weiß, als sie abhob. Sein Schaft reagierte auf ihren vernichtenden Höhepunkt, indem er anschwoll, härter wurde, und damit das genaue Gegenteil zu ihrem Geschlecht bot. Tiefer und tiefer vergrub er sich in ihr und beobachtete, wie sie ihren Kopf in den Nacken warf, sich der Ekstase vollkommen hingab, bis seine eigene Erlösung auf ihre folgte. Er explodierte und verlor die Fassung, die Kontrolle. Sein Sperma schoss in sie. Am ganzen Körper bebte er, bis er sich nicht länger aufrecht halten konnte und auf ihr zusammenbrach.

Ein Seufzen von ihr kitzelte seinen Bart und wehte über seine Schläfe. Träge rieb sie über seine Arme und seine Rippen. Berührungen, die ihm klar machten, wie glücklich er gerade war, glücklich und so zufrieden wie noch nie zuvor in seinem Leben. Er öffnete die Augen und küsste ihren Hals. Ihre Haut war schweißnass. Sein Mund fand ihre Lippen, knabberte an ihnen, schmeckte Salz. Ihre Aura glühte in einem gesunden Gold, während das Purpur zu einem befriedigten Pink verblasste.

Er hob den Kopf und blickte ihr tief in die Augen. Sie grinste zu ihm auf und wickelte die Arme fest um seine Mitte. Seine Welt beschränkte sich auf diesen einen Moment und er realisierte, dass er wahrhaftig frei war. Er hatte die Freiheit, zu tun, was auch immer er wollte. Jetzt konnte er wieder seine eigenen Entscheidungen treffen. Er konnte er selbst sein. Trotz allem wollte er nur eines. „Ich wähle dich", sagte er, bevor er die Lippen erneut zu einem Kuss auf ihre senkte.

In den zwei Monaten, seit sie Rubac kannte, hatte Madison ihre Wohnung aufgegeben und entschieden, niemals die Entdeckung des Jahrhunderts preiszugeben. Noch nie war sie glücklicher gewesen. Mit Rubacs Hilfe hatte sie eine imposante und überaus erfolgreiche Dokumentation über K'kee'ei und ihren zugehörigen Delfinschwarm gedreht. Sie hatte ein Boot gekauft und lebte nun auf dem Meer. Und sie hatte einen Partner, der das Wasser noch mehr liebte als sie. Besser konnte das Leben nicht sein.

Sie richtete ihr Fernglas auf die Stelle, an der Rubac eingetaucht war und kaute besorgt an ihrer Unterlippe herum. Heute befanden sie sich in dem Jagdgebiet von Haien – na ja, Rubac tat das. Immerhin war sie an Deck in Sicherheit. Er hatte ihr zwar gesagt, dass er auf sich aufpassen konnte, dennoch waren ihr die Abschürfungen und blauen Flecken nicht entgangen, die er nach den letzten Tauchgängen mitgebracht hatte. Ja, er konnte sich den verschiedenen Seebewohnern auf eine Weise nähern, wie das ein menschlicher Taucher nie und nimmer schaffen würde, und schließlich hatte sie die Rechte an einem zweiten Film bereits verkauft.

Ihre Karriere als Dokumentarfilmerin hatte das Stigma, das ihr nach dem Forschungsartikel an ihrer Universität angehaftet hatte, vollkommen ausgelöscht. Nicht, dass es sie noch interessierte, was diese aufgeblasenen Leute über sie dachten. Niemals hätte sie geahnt, dass ihre größte Entdeckung dieses Wesen sein würde – ein Mann so besonders, dass sie ihn um nichts in der Welt mit jemandem teilen wollte. Nun verbrachte sie ihre ganze Zeit auf dem Meer, ging ihren zwei Leidenschaften nach: Dokumentarfilme und mit Rubac Liebe machen.

Ein dunkler Schopf tauchte hundert Meter entfernt auf. Wie ein Delfin verkürzte er den Abstand zum Boot, sprang in die Luft und drehte Saltos.

„Vorsicht, bitte denke an mein Equipment!", rief sie. Jedes Mal, wenn er eintauchte, verzog sie das Gesicht zu einer Grimasse. Wasserfest bedeutete nicht, dass die

Gerätschaften unzerbrechlich waren. Und für Reparaturen müsste sie Zeit an Land verbringen.

Er erreichte sie und hielt ihr die Kamera hin. Sie nahm das Gerät entgegen, bevor er geschmeidig an Bord kam. „Sie haben sich heute einen Scherz daraus gemacht, mich immer wieder abzuhängen."

Sie stellte die Kamera weg und suchte seinen Oberkörper nach Wunden ab. „Es gefällt mir nicht, wenn du Risiken eingehst."

Dann umfasste er ihre Hand und presste ihren Handrücken gegen seine Lippen. „Risiken einzugehen, beweist, dass man frei ist und lebt."

Sie lehnte sich an ihn und rieb mit der Hand über seinen Bart. Ihre Nippel kribbelten, wenn sie ihm so nah war. Sie konnte nicht anders, als sich rittlings auf ihn zu setzen. Er hatte ihr erzählt, dass sein Bruder durch seinen Gefährten-Bund mit einem Menschen Beine bekommen hatte. Sie wusste jedoch, dass dies bei Rubac ausgeschlossen war. Beine für Meermänner waren die magische Folge eines Bundes und Rubacs eigentliche Gefährtin war lange tot. Doch all das störte Madison keinesfalls. Ihre Liebe war echt. Er hatte sie gewählt – auch ohne den Einfluss von Magie.

Beine oder Fischschwanz … das alles spielte keine Rolle. Noch nie hatte sie einen Mann gehabt, der so genau wusste, wie er sie zu befriedigen hatte.

Grinsend rollte er sie auf den Rücken und öffnete ihren durchnässten Sarong. Sein Blick schweifte über ihren nackten Bauch und verharrte auf dem Dreieck zwischen ihren Schenkeln. Langsam spreizte sie die Beine, um mehr von sich zu zeigen, sich ihm zu öffnen. Belohnt wurde sie, als sich seine limettengrünen Augen verdunkelten. Er glitt mit den Händen über ihre Flanken und schob sich über ihren Körper. Dann packte er ihre Pobacken und drang mit einem Stoß tief in ihre willige Hitze.

Bei der plötzlichen Völle schnappte sie nach Luft und bäumte sich auf, während die Wände ihres Geschlechts seine Härte willkommen hießen. Sie festigte die Schenkel an seinen Hüften und zog ihn tiefer.

Rubac schloss die Lider und presste die Zähne bei der überwältigenden Ekstase zusammen. „Was du mit mir anstellst, kleine Menschenfrau."

Er rollte die Hüften, rieb bei jedem Stoß gegen ihre Klitoris. Es dauerte nicht lange, bis der Lustnebel sie vollkommen überwältigt hatte. Sie ließ es sich nicht nehmen, ihn zu küssen. Natürlich erwiderte er den Kuss, stieß mit der Zunge im gleichen Rhythmus zwischen ihre Lippen, so wie das sein Schaft in den südlicheren Gefilden tat. Mit bedächtigen, langgezogenen Stößen liebte er sie.

Sie stöhnte, wusste, dass sie direkt auf einen Orgasmus zusteuerte. So schnell brachte er sie an diesen Punkt, jedes Mal. Sie fühlte sich unter seinen Händen wie ein Instrument, auf dem er schon seit Jahren spielte, sein Talent unverkennbar. Er küsste und nahm sie, hämmerte in sie, rein und raus, und die Intensität verstärkte sich, bis die Explosion in Madison nicht mehr aufzuhalten war.

Ihr Höhepunkt erhellte den Nachthimmel wie ein Blitz und rollte grollend durch ihren Körper. Die Welt rückte in den Hintergrund und es zählte nur noch dieser Moment. Er ließ nicht nach, stieß weiterhin in sie, seine Muskeln angespannt, als sie unter ihm Erlösung fand.

Dann erstarrte er, schnappte nach Luft. Abgestützt auf seinen Ellbogen, sein Gesicht dem ihren so nah, dass sie seinen Atem auf ihren Lippen spürte. Sie öffnete die Augen, von denen sie nicht wusste, wann sie diese geschlossen hatte, und fand sich einem betörenden Limettengrün gegenüber, das tief in ihre Seele vordrang.

„Ich werde dich bis in alle Ewigkeit lieben, Madison.“

Ein zufriedenes Lächeln zeigte sich bei ihr. „Ich liebe dich auch, Rubac. Für immer und ewig."

IM MONDLICHT ERGOSS sich vom Boot ein langer Schatten über das Wasser. Rubac trieb daneben und starrte zu seinem Bruder, der auf dem Deck stand. Mit Beinen. Für Rubac war dieser Anblick noch immer erstaunlich.

Aus der Kabine des Bootes drang das Lachen eines Kleinkindes, gefolgt von sanftem, weiblichem Gelächter. Brianna und Madison veranstalteten etwas, das sie Mädelszeit nannten. Eine Zeit, die sie damit verbrachten, Zantus Nachwuchs anzubeten. Ein weiblicher Nachwuchs. Etwas, was bei den Meerleuten nicht vorkam, bei denen Kinder bis zur Pubertät geschlechtslos blieben.

Rubac konnte nicht fassen, dass er sich gerade mit seinem Bruder unterhielt. Madison hatte Brianna und Zantu bei einem ihrer seltenen Trips ans Ufer aufgesucht und war mit Überraschungsgästen zurückgekehrt. Wieder einmal bewies sie, dass Menschenfrauen rein gar nichts mit Meerfrauen gemein hatten. Die beiden Frauen schienen sich angefreundet zu haben, lachten miteinander und boten einen Anblick, der im starken Kontrast zu den promiskuitiven Zirkeln der Meerfrauen stand.

Zantu trat aus seinen Shorts und warf sie auf die gepolsterte Bank. „Ebby besucht mich gelegentlich." Seine Stimme klang an der Luft noch tiefer, rauer, weniger melodisch, als das unter Wasser der Fall gewesen war. „Schon, bevor sie sich für ein Geschlecht entschieden hat."

„Heilige Abgründe nochmal! Und du dachtest nicht, dass es mich interessieren würde, ob mein Kind heimlich, still und leise das Nest verlässt?" Rubac platzierte eine Hand auf den Rumpf des Bootes, um von einer näherkommenden Welle nicht mitgerissen zu werden.

Zantu warf ihm einen eindeutigen Blick zu, seine silbernen Augen funkelten genervt im Mondlicht. „Seit ich mir eine Gefährtin genommen habe, warst du nicht gerade der beste Gesprächspartner."

Gewissensbisse meldeten sich bei Rubac und er wurde rot. Obwohl er ihn seit der Verbindung immer wieder ausspioniert hatte, war er nie Richtung Ufer geschwommen, da er einfach nicht sicher sein konnte, ob Menschenfrauen tatsächlich so harmlos waren, wie Zantu es immer behauptet hatte. Durch seine Beziehung mit Madison musste er jedoch zugeben, dass Zantu recht behalten hatte. Madison war loyal und freundlich und gab Rubac etwas, von dem er nicht einmal im Traum gedacht hätte, es zu brauchen. Er nahm an, dass Zantu bei Brianna ähnlich empfand.

Ein bezauberndes Lachen erreichte ihn und wenige Sekunden später hörte er winzige Füße übers Deck huschen. Zantu fing die Kleine kurz vor der Reling ein. „Camilla, eigentlich ist es höchste Zeit für dein Nickerchen."

„Wimmen!" Camilla streckte eine ebenso winzige Faust zum Meer, in dem Rubac trieb.

„Dafür ist es zu spät. Morgen gehen wir schwimmen, versprochen." Obwohl Zantu beliebig zwischen Beinen und seinem Meermannschwanz wechseln konnte, meinte er, dass das Kind noch keine Anzeichen für eine Schwanzflosse zeigte.

Camilla quengelte und vergrub ihr Gesicht an Zantus Schulter.

Gleich darauf rannte Madison aus der Kabine. „Tut mir leid! Sie ist schneller, als ich erwartet habe."

Brianna folgte ihr und nahm das Kind von ihrem Gefährten entgegen. „Ich habe sie."

Meerfrauen verfügten nicht gerade über Mutterinstinkte und ließen ihren Nachwuchs kurz nach der Geburt bei den Vätern zurück. Brianna jedoch tröstete ihr Kind mit Leichtigkeit. Rubacs Blick wanderte zu Madison und er fragte sich, ob auch sie diese Warmherzigkeit zeigen würde. Ob er das jemals herausfinden würde?

Madison blickte mit offensichtlichem Unbehagen auf Zantus nackten Körper und lief schnell zur Reling, um sich mit Rubac zu beschäftigen. „Wolltet ihr nicht verschwinden und mit Schweinswalen schwimmen?"

Noch immer empfand er es als merkwürdig, eine Frau an seiner Seite zu wissen, die keinerlei Interesse an anderen Männern zeigte. Eine Tatsache, die ihn erfreute. „Wir haben über Ebby gesprochen", antwortete er.

Eine schläfrige Camilla hob bei der Erwähnung des ihr bekannten Namens das Köpfchen. Aufgeregt drehte sie den Kopf, auf der Suche nach Rubacs Nachwuchs. „Ebby?"

„Sie ist nicht hier, meine Süße." Zantu streichelte über ihre Haare, bis sie sich wieder an die Schulter ihrer Mutter schmiegte.

Madison zog die Augenbrauen zusammen. „Ebby? Deine Tochter?"

Tochter. Ein ungewohntes Wort für ihn, da Meerkinder bis zur Pubertät geschlechtslos waren. Und doch, ja, er nahm an, dass Ebby jetzt seine … Tochter war. „Wie es scheint, treibt sie sich ab und zu in der Nähe meines Bruders herum."

Brianna schüttelte den Kopf. „So würde ich das nicht nennen. Sie ist immer höflich und zuvorkommend."

„Du hast sie gut erzogen, Bruder", fügte Zantu hinzu.

Madison nagelte ihn mit einem ungläubigen Blick fest. „Meintest du nicht, dass Ebby ein Monster ist? Wie kann es dann sein, dass sie Zantu besucht?"

„Meerfrauen *sind* Monster." Rubac runzelte die Stirn und sagte zu seinem Bruder: „Du verhältst dich unvorsichtig. Es wäre besser, dein Nest zu verlegen."

Zantu zuckte mit den Achseln. „Nach meiner Unterhaltung mit Ebby denke ich nicht länger, dass alle Meerfrauen zu Monstern werden. Ebby zeigt bemerkenswerte Zurückhaltung."

Madison riss sich das T-Shirt über den Kopf, das sie über ihrem Badeanzug getragen hatte, sprang ins Wasser und kam zu ihm geschwommen. „Könnte es sein, dass du dich irrst? Sie würde doch nicht ihren eigenen Onkel oder den Vater verletzen, der sie all die Jahre allein aufgezogen hat, oder?"

„Du verstehst nicht." Rubac wickelte einen Arm um Madisons Taille und zog sie zu sich. „Ebby ist kein Mensch. Kein Kind mehr. Sie ist eine Meerfrau. Sie kommen gegen ihre natürliche Grausamkeit nicht an – nicht einmal in der Nähe ihrer eigenen männlichen Verwandten."

Es schmerzte, wenn er an die vielen Jahre mit Ebby zurückdachte. Er war immer so stolz auf sie gewesen. Stets, wenn seine Gefährtin ihn auf der Suche nach neuen Meermännern verlassen hatte, war Ebby sein Fels gewesen, hatte ihm Trost gespendet. Schon immer war sie so viel stärker gewesen als er. Auch ein Grund, warum es ihn nicht überrascht hatte, als sie die Entscheidung getroffen hatte, den Rest ihres Lebens als Meerfrau zu verbringen.

Madison schlang einen Arm um seinen Hals. „Unabhängig von dem Geschlecht, für das sie sich entschieden hat, bleibt sie noch dein Kind. Ich bin mir sicher, dass sie dich lieb hat und dich furchtbar vermisst."

Madison machte ihm Hoffnung. Trotz seines unumstößlichen Glaubens, dass er Ebby für alle Zeiten verloren hatte. Dieses Talent schätzte er wirklich an ihr. Er lächelte sie an und schenkte ihr einen Kuss. „Vielleicht. Eine Meerfrau mit Herz wäre mal was Neues."

„Na ja, Bruder." Zantu sprang anmutig ins Wasser und er konnte beobachten, wie sich seine Beine in einen schimmernden, silbernen Meermannschwanz verwandelten. „Wir sollten unser Abenteuer starten, bevor die Sonne die Haie weckt. Ich brauche keine weiteren Zusammenstöße mit ihnen."

Madison küsste ihn zum Abschied auf die Wange und schwamm zur Plattform. „Viel Spaß. Komm bald zu mir zurück."

„Immer", erwiderte Rubac, dem Ebby nicht aus dem Kopf gehen wollte. Er hatte es geschafft, den Fluch, der auf ihm gelastet hatte, zu brechen und Liebe zu finden. War es dann vielleicht möglich, dass auch Ebby ihrem unvermeidlichen Schicksal ein Schnippchen schlagen konnte?

Er schüttelte den Kopf. Im Moment wollte er daran nicht denken. Zantu war bei ihm und er wollte die Zeit mit seinem Bruder in vollen Zügen genießen. Er gewann an Tempo und jagte den Bläschen hinterher, die Zantu auf dem Weg zum Algenwald hinterlassen hatte.

iebster Leser,

Ich hoffe, Dir hat Rubacs Geschichte gefallen! In der nächsten Novelle, EINE MEERJUNGFRAU MIT HERZ, sehen wir uns wieder in der Unterwasserwelt, diesmal aber mit Rubacs Tochter Ebby.

Sie hatte sich für das weibliche Geschlecht entschieden, um nicht Opfer dieses Bundes zu werden. Ein Gefährten-Bund sorgte nur für Herzschmerz und ein langsames, trostloses Dasein.

Zum Vorbestellen des nächsten Teils tippe jetzt auf das Cover. Für eine Leseprobe blättere einfach eine Seite weiter.

XOXO,
Tamsin

PS: Sehr gerne stehe ich im Kontakt mit meinen Lesern. Wenn Du das auch möchtest, und immer über neue Erscheinungen aus meiner Feder auf dem Laufenden bleiben willst, dann abonniere am besten meinen Newsletter. Als kleines Dankeschön werde ich Dir ein kostenfreies Bild zum Ausmalen schicken!

HIER ABONNIEREN >>> http://bit.ly/abonniere_tamsin_ley

PPS: Falls Du das erste Buch in der Unterwasserwelt verpasst hast, kannst Du dies mit DER KUSS DES MEERMANNES nachholen!

Für eine Leseprobe von *EINE MEERJUNGFRAU MIT HERZ* blättere zur nächsten Seite.

EINE MEERJUNGFRAU MIT HERZ
LESEPROBE

Cruz beobachtete seinen Freund Jake, wie er mit dem Finger über den Arm einer sonnengebräunten Blondine glitt und etwas sagte, das sie zum Kichern brachte. Das Partyboot war mit vielen alkoholisierten Gästen gefüllt und es machte den Anschein, als würde Jake jeden einzelnen Weiblichen vögeln wollen. Im Gegensatz dazu hatte sich Cruz auf einen Tauchurlaub gefreut. Erst am Morgen hatte Jake ihm gesagt, dass sie heute schnorcheln gehen würden, doch welch Überraschung: Bisher hatte keiner von beiden auch nur den Zeh ins Wasser gesteckt.

Cruz fand den Blick seines Freundes und kommunizierte per Gebärdensprache: „Willst du eine Runde schwimmen?"

Das sündhafte Grinsen auf Jakes Lippen verriet ihm, dass daran kein Interesse bestand. Wie es üblich für seinen Freund war, riss er einen seiner furchtbaren Witze, um das Eis mit seiner Eroberung zu brechen.

Seufzend blickte Cruz über das glitzernde Meer und stellte sich die Laute vor, die Wellen machten, wenn sie gegen den Rumpf des Bootes krachten, oder die Schreie der Möwen in der Ferne. Seit seinem siebten Lebensjahr war er taub. Nur vage erinnerte er sich an eben diese Geräusche, zumeist aus TV-Shows, die er in dem Alter geschaut hatte. Auch erinnerte er sich daran, dass seine Stimme nicht besonders verlockend klang, weshalb er oft entschied, einfach den Mund zu halten.

Der Duft von Kokosnussöl trat an seine Nase und er wandte sich wieder den Gesprächen zu. Wahrscheinlich lachte er bei Jakes Pointe ein wenig zu spät, ein wenig zu laut.

Die Rothaarige zog die Augenbrauen zusammen und er beobachtete, wie ihre von der Sangria befeuchteten Lippen Worte bildeten: „Was geht denn mit ihm?"

Mit dem Wissen, dass Jake nun die Gehörlosen-Karte ziehen würde – schließlich liebten Frauen einen Mann mit einem tauben Kumpel fast so sehr wie einen Kerl mit einem Welpen –, entschied Cruz sich für ein freundliches Lächeln und formte mit den Händen: „Ich gehe Hummertauchen."

Jake nickte ihm zu und wandte sich wieder an die Blondine.

Cruz lief zum Heck des Bootes und schnappte sich eine Schnorchelmaske. Schnell tauchte er ins wundervolle, kühle Wasser und schwamm zum Riff. Er liebte das Tauchen. Unter der Wasseroberfläche spielte seine Gehörlosigkeit keine Rolle. Eigentlich bevorzugte er die volle Taucherausrüstung, doch auch Freitauchen konnte Spaß machen. Er hatte ein gutes Auge für die Langusten auf dem sandigen Boden und hatte einen Sommer sogar genug damit verdienen können, um seine Miete zu bezahlen, indem er seinen Fang im lokalen Supermarkt verkauft hatte.

Innerhalb weniger Minuten entdeckte er einen blaugrünen Krebs. Er richtete sich aus, um das Tier an seinem Panzer zu packen, und bereitete sich darauf vor, wieder an die Wasseroberfläche zu schwimmen. In dem Moment erblickte er hinter einem grünen Seefächer einen weiblichen Partygast. Wenigstens eine Person war seinem Beispiel gefolgt, ein bisschen das kühle Nass zu genießen. Ihre langen, dunklen Haare trieben um ihr Gesicht und ihr roter Lippenstift büßte auch unter Wasser nichts an seiner Leuchtkraft ein.

Okay. Er war überrascht, dass eine der Frauen an Bord entschieden hatte, sich nass zu machen. Mit Wasser. Seine Lunge schmerzte und meldete, dass er Sauerstoff brauchte. Dennoch hob er den Krebs zur Begrüßung und formte das Zeichen für Essen. „Abendessen?"

Die Frau öffnete den Mund, als würde sie etwas sagen wollen, und winkte ihn mit einer Hand zu sich.

Ist sie interessiert? Sie schien seine Leidenschaft fürs Schwimmen zu teilen. Vielleicht war das mit dem Partyboot doch keine schlechte Idee gewesen.

Grinsend zeigte Cruz mit dem Zeigefinger nach oben und setzte sich sogleich in Bewegung, seine Augen weiterhin auf der Frau.

Ein Blitz aus blasser Haut, schwarzen Haaren und roten … Beinen schoss auf ihn zu.

Überrascht hielt er mit dem Strampeln inne. Von hinten näherte sich plötzlich eine Frau mit langen, violetten Haaren, die mit ihren Brüsten seinen Arm streifte. Sie zog sein Gesicht zu sich und bedeckte seine Lippen mit ihren. *Ein bisschen schnell, sogar für eine feuchtfröhliche Kreuzfahrt.* Ihr Haar hüllte ihn wie violetter Nebel ein und blockierte sein Sichtfeld. Der Krebs rutschte ihm aus den Fingern. Er umfasste ihre Handgelenke und versuchte, sie von sich wegzuschieben, aber verdammt, die Frau war stark. Und scheiße, seine Lungen brannten.

Die Frau stieß nicht nur ihre Zunge in seinen Mund, sondern presste auch ihre Brüste und ihre Hüften an ihn. Anscheinend wollte sie nicht länger warten und sofort zur Sache kommen.

Was zum Teufel? Unfähig, sich zu befreien, entschied er, mit den Beinen zu strampeln. Mit ihr im Schlepptau stieg er auf.

Ein zweiter deutlich identifizierbarer Frauenkörper schmiegte sich an seinen Rücken, womit sein Fortschritt an die Wasseroberfläche gebremst wurde. Alsbald riss ihm jemand die Schnorchelmaske vom Kopf, während zwei Hände gierig über seine Haut fuhren.

Er wehrte sich, Bläschen lösten sich aus seinem Mund, seiner Nase. *Wie schaffen sie es so lange den Atem anzuhalten?*

Von hinten griff eine Hand um ihn herum, fand ihren Weg in seine Schwimmshorts und packte seinen Schwanz.

Auch die restliche Luft verabschiedete sich aus seinem Mund. *Heilige Scheiße!*

Er widerstand dem Drang, den verhängnisvollen Atemzug zu nehmen, der nur Wasser mit sich bringen würde. Das konnte nicht echt sein. Von wunderschönen Frauen im azurblauen Ozean zu Tode begrabscht zu werden, konnte einfach nicht echt sein. Sein Kopf fühlte sich benebelt an, seine Verzweiflung nach Sauerstoff groß. Er schloss die Augen in dem Glauben, dass dies ein Traum sein musste.

Ein Traum. Er musste einfach träumen. Es gab keine andere Erklärung – oder war er bereits tot?

Er saugte Wasser in seine Lungen.

Mehr Wasser.

Seine Augen öffneten sich und er fand sich den sommersprossigen Wangen der Frau mit den violetten Haaren gegenüber, die ihn weiterhin mit Küssen lockte. Indessen rieb sie ihren schlanken Körper an ihm, ihre Nippel neckten die feinen Haare auf seiner Brust.

Wenn dies ein Traum ist, kann ich mich genauso auch darauf einlassen.

Er legte seine Hände auf ihre Hüften und bemerkte sofort, dass sie kein Bikinihöschen trug. Dies war der realistischste Traum aller Zeiten. Er könnte schwören, dass der Duft nach Sex von ihrer Haut zu ihm wehte. Dann wickelte er beide Arme um ihren Rücken und presste seine Erektion gegen ihren Bauch.

Sie rieb sich an ihm, offensichtlich höchst zufrieden mit seiner Reaktion und unterbrach ihren Kuss, um an seinem Kiefer zu knabbern. Während sie sich einen Weg zu seinem Hals und seinem Oberkörper bahnte, lehnte sich die Frau hinter ihm von oben über seinen Kopf, um seine Lippen für sich zu beanspruchen. Bevor ihre Haare seine Sicht blockierten, bildete er sich ein, einen riesigen, violetten Fischschwanz gesehen zu haben …

Seine Schwimmshorts wurde ihm über die Beine gerissen.

So sehr er das Meer auch liebte, in seine Sexträume hatte es sein Lieblingsort bisher noch nie geschafft. *Einfach Wahnsinn. Wahnsinnig gut.* Durch seine Adern strömte unaufhaltsam die Begierde.

Eine Zunge liebkoste seine Eichel. Seine Hüfte zuckte nach vorne und ein tiefes Stöhnen kroch seine Kehle hinauf. Er wusste nicht, wo er seine Hände platzieren sollte – auf der Frau, die mit seinem Schwanz beschäftigt war, oder auf der Violetthaarigen, die ihre Zunge zwischen seine Lippen stieß. Er entschied sich für einen Kompromiss, schließlich hatte er zwei Hände. Mit einer packte er die Haare von der Dame, die ihn küsste und verstärkte damit ihre Bemühungen. Dann fiel sein Blick auf ihre Nippel, die so rot wie Maraschino-Kirschen waren.

Wie Kirschen auf zwei Sahnehäubchen, dachte er, und musste daraufhin feststellen, dass er das Gefühl hatte, einen über den Durst getrunken zu haben. Ein weiterer Gedanke kam ihm: Sollte er? Warum nicht? Es war immerhin sein Traum. Hier konnte er tun, was er wollte. Seine Hand wanderte zu ihrer Brust, um den verführerischen Nippel zu seinen Lippen zu führen, als plötzlich ein drittes Paar Hände die Hügel umfasste. Goldbraune, feingliedrige Finger zwickten die Nippel und neckten sie.

Er beendete den Kuss und versuchte, einen besseren Blick auf seine Partner zu werfen, doch er wurde schnell von Fingern mit unnatürlich langen Nägeln zurückgeholt. Tief in seinem Unterbewusstsein wunderte er sich über die forsche Handhabung in seinem eigenen Traum. Er hatte kein Problem mit einer Frau, die einen gesunden Appetit pflegte, doch generell bevorzugte er es, die Zügel in der Hand zu haben. Momentan fühlte er sich eher wie ein Spielzeug.

Drei Paar Hände und drei Münder küssten und liebkosten seine Haut, seine Lippen und seinen Schwanz. Er ließ sich nicht davon abhalten, sie gleichermaßen zu berühren. Rasch fand er nasse Brüste und harte Nippel, einen schlanken Hals und seidenweiche Haare. Doch jedes Mal, wenn er den Versuch unternahm, den verlockenden Bereich zwischen den Schenkeln aufzusuchen, wichen sie ihm aus.

Dann packte eine von ihnen seine Hüften, presste sich an ihn. Die vertraute Wärme einer Pussy hätte ihn beinahe vorzeitig zum Höhepunkt geführt. *Heilige Mutter Gottes, kein Kondom.* Gut, dass dies ein Traum war. Sie nahm ihn hart und er schlang die Arme um sie, wollte ihren Hintern packen, woraufhin sie unerwartet auf Abstand ging.

Dunkle Haare füllten sein Sichtfeld. Scharfe, weiße Zähne funkelten zwischen blutroten Lippen. Er blinzelte und erkannte, dass die dunkelhäutige Frau mit den leuchtenden goldenen Haaren zudem einen Fischschwanz in derselben Farbe zu haben schien. Was zum Teufel? Er wusste, dass es Menschen gab, die sich als Meerjungfrauen verkleideten, aber diese Wesen waren verdammt nochmal echt.

Er wollte zurückweichen, presste sich gegen die blassen Schultern der Frau, deren blutrote Lippen noch immer nichts an Intensität verloren hatten. Zwischen ihren nackten Brüsten schwang ein Anhänger, der die Form eines Truthahngabelbeins hatte. Nicht weit unter ihrem Bauchnabel ging ihre blasse Haut zu der Farbe ihrer Lippen über – zu einem Fischschwanz inklusive einer Schwanzflosse.

Ein Fischschwanz.

Die Erkenntnis traf ihn wie der erste Atemzug nach einem langen Tauchgang. Er verstärkte seine Bemühungen, den drei unheilvollen Wesen zu entkommen, und bewerkstelligte es irgendwie, sein

Sichtfeld zu vergrößern. Die Felsen und das Riff waren nicht mehr zu sehen, genauso wenig wie das Boot. Stattdessen befanden sie sich in einem dicht bewachsenen Seetang-Wald, in dem das Sonnenlicht alles einen trüben, grünen Anstrich verlieh. Trotz seines schwindenden Interesses zeigten seine drei Partnerinnen keine Ermüdungserscheinungen: Weiterhin packten und kratzten und grabschten sie nach ihm, während sie es zu frustrieren schien, dass er ihnen keinerlei Aufmerksamkeit schenkte.

Mechanisch erwiderte er ihre Berührungen und gab ihnen, was sie verlangten. Er befürchtete Schlimmes, wenn er das nicht täte. Dies war kein Traum, und dies waren keine normalen Frauen.

Er befand sich unter Wasser.

Er atmete.

Und er war von Meerjungfrauen umzingelt.

KAPITEL 2

Ebby lugte zwischen den Seefächern hervor, ihr Blick auf der Orgie, zu der drei Meerfrauen auf einer Lichtung geladen hatten. Sie teilten sich einen tief gebräunten Mann, seine muskulöse Statur zeichnete sich durch eine überraschende Flexibilität aus. Seine Hände massierten die Brüste einer Meerfrau, zogen die nächste in eine intime Umarmung, was verhinderte, dass die Orgie zu einem gewalttätigen, wetteifernden Blutrausch zwischen den Meerfrauen avancierte. In der Strömung trieb der Geruch von Sex und das verstärkte das ungute Gefühl in ihrem Bauch.

Macht schon. Beendet es.

Vor zwei Jahren hatte sie entschieden, das weibliche Geschlecht anzunehmen. Nicht aufgrund eines biologischen Triebs, sondern weil Meerfrauen offensichtlich zu mehr innerer Stärke neigten. Meermänner wie ihr Vater, waren zum Tode verurteilt, sobald sie mit einer Meerfrau einen Bund eingingen. Denn es dauerte nicht lange, bis die Gefährtinnen untreu wurden und sie mit gebrochenem Herzen zurückließen. Trotz allem weigerte sich Ebby, wie ihre Mutter zu werden. Sie wollte keine Menschen töten oder Meermänner in eine unweigerliche Depression schicken.

Mit dem Verhalten, das ihre Mutter stets an den Tag gelegt hatte, war es Ebby gelungen, eine wahre *Meerjungfrau* zu bleiben – ein selten existierender Kraftakt unter ihresgleichen. Deshalb hatte sie an Orgien dieser Art immer nur aus der Ferne teilgenommen. Sie wartete geduldig, bis der unwissende Mann benutzt und zum Sterben zurückgelassen wurde. Erst dann näherte sie sich und brachte ihn ans sichere Ufer. Leider starben die meisten bereits während der Orgie. Die Männer, die sie lebendig vorfand, erlagen oftmals auf dem Weg zum Ufer ihren Verletzungen.

Das stoppte Ebby nicht, es wenigstens zu versuchen.

Gerade wurde sie Zeuge von einem Mann, der sich außerordentlich gut hielt. Zudem konnte sie die Anzeichen erkennen, dass die Meerfrauen ihr Interesse verloren. Wenn sie es schaffte, zumindest eine Seele vor ihrem Untergang zu retten, wäre das ihre selbstaufgelegte Enthaltsamkeit wert gewesen.

Die verführerische Melodie der Meerfrauen jagte wellenartig durch das Meer. Urokotoris blutrote Krallen strichen über die zwei Saiten der Harfe, die sie um ihren Hals trug. Sie rieben ihre Körper an dem Menschenmann und entfachten damit gleichermaßen Ebbys niedere Instinkte, so wie auch die des Menschen. Sie rieb mit einer Hand über eine blasse Brust und zwickte in ihren korallfarbenen Nippel. Lustvolle Empfindungen schwappten durch ihren Körper und sammelten sich in ihrer Mitte.

Jetzt zwickte sie noch härter zu und bahnte sich mit der anderen Hand einen Weg zu den geschwollenen Schamlippen ihrer Genitalspalte. Ihr Meerfrauschwanz zuckte bei der Berührung, ihr Blut kochte, als sie beobachtete, wie die Länge des Mannes sich immer und immer wieder in einer der Meerfrauen vergrub. Einem Höhepunkt herannahend, fiel ihr auf, dass sich die Gruppe ihrem Versteck näherte und die rotschwänzige Urokotori sie entdeckte.

„Komm, Ebby." Die zweite Meerfrau im Bunde packte sie am Arm und zog sie hinter den Seefächern hervor.

Hinter ihr, noch halb vergraben im Meeresboden, hörte Ebby ihr Haustier Kato, ein Fangschreckenkrebs, der sich bei jeglicher Bedrohung im Sand einbuddelte. Regelmäßig wurde sie für ihr nutzloses Haustier von ihren Artgenossen belächelt, aber Kato war von sich aus auf Ebby zugekommen und nicht, weil sie das Tier mit einem Lied dazu verführt hatte. Ebby liebte den kleinen Kerl.

„Wir waren alle schon dran." Urokotori schubste Ebby in die Arme des Mannes. „Er kann dein Erster sein."

Die beiden anderen Meerfrauen ließen ihre Lieder verstummen, ihre scharfen Zähne blendend weiß zwischen ihren von Küssen geschwollenen Lippen. Lutana wickelte sich um den Oberkörper des Mannes und strich mit ihrer goldenen Schwanzflosse über seinen Rücken. „Die Menschenmänner sind immer so schön willig."

„Sein Stehvermögen ist beeindruckend“, erwähnte Selachii, ihre amethystblauen Augen von einem Lustnebel verschleiert. Ihr Lakai, ein Drückerfisch, schwamm in der Nähe ihrer grotesk vernarbten Schwanzflosse.

Der Blick des Mannes fand Ebby. Ihr stockte der Atem. Die Farbe seiner Augen erinnerte sie an einen Gezeitentümpel. Sah sie in seinen Tiefen einen Anflug von Panik? Während der Orgie hatte er sich derart willig und selbstbewusst gegeben, ohne jemals Anzeichen von Angst oder Ermüdung zu zeigen.

Die drei Meerfrauen umkreisten Ebby und den Mann. Seine langen, durchtrainierten Beine rieben gegen ihren Meerjungfrauenschwanz, die Eichel seiner Erektion hinterließ einen heißen Pfad auf ihrer Haut. Noch nie zuvor war sie einem erregten Mann so nah gekommen.

Urokotori befahl: „Sing, Ebby. Sing.“

Sie konnte nicht anders, ließ den Blick über seine muskulöse Brust zu seinen beeindruckenden Bauchmuskeln schweifen. Feine Haare ebneten den Weg zu seinem pulsierenden Schaft. Nur ein paar wenige Kratzer verunstalteten seine makellose, bronzene Haut, wo sich fahrlässige und grobe Meerfrauen an ihm zu schaffen gemacht hatten.

Ebby leckte sich über die Lippen, während ihr Geschlecht trotz ihres Entschlusses heiß pulsierte. Wie sollte sie dieser Situation nur entkommen? Gegenüber ihren weiblichen Artgenossen waren Meerfrauen genauso grausam wie bei Männern. Auch wollte sie keine Schwangerschaft riskieren! Meerfrauen waren furchtbare Mütter. Deswegen hatte Ebby sich geschworen, niemals ein Baby in diese Welt zu setzen, wenn es nur Todesangst und Einsamkeit erfahren würde – so wie sie das hatte erleben müssen.

„Er ist bereit", sagte Lutana. „Du brauchst noch nicht mal singen. Nimm ihn dir und bringe es endlich hinter dich."

Urokotori platzierte ihre Hände auf Ebbys Schulterblätter, schubste sie und sorgte dafür, dass ihre geschwollenen Brüste über die harten Brustmuskeln des Mannes streiften. „Heilige Abgründe, wieso bist du nur so langweilig!"

Der Mensch legte eine Hand auf ihre Hüfte, ein Instinkt, durch den er sie weder von sich wegschob noch an sich heranzog.

Langweilig. Das würde ihren Fluchtweg ebnen. Man konnte der Aufmerksamkeit einer Meerfrau nur entkommen, wenn man sie langweilte. Oder indem man ihnen eine bessere Unterhaltung anderswo bot. Sie entschied, dass ein langer, liebevoller Kuss langweilig genug wäre, ohne ihren Zorn dabei heraufzubeschwören. Sie betete nur, dass sie in der Lage wäre, ihre eigenen Instinkte zu kontrollieren.

Dummerweise hatte sie mit dem Küssen nicht viel Erfahrung. Ihr einziger Kuss bisher war mit Lutana passiert. Die Meerfrau mit dem goldenen Schwanz mochte Männer und Frauen gleichermaßen. Ebby hatte ihre Berührungen als lustvoll empfunden, aber nicht so erregend, dass sie um mehr gebeten hätte.

Die Hände des Mannes jedoch fühlten sich anders an, schwielig und so viel größer und mächtiger als die einer Meerfrau. Die Empfindungen, die er mit seinen Handflächen auslöste, ließ sie nach mehr gieren. Wie würden sich seine langen Finger anfühlen, wenn er damit tief zwischen ihre Schamlippen stieß?

Nein, Ebby, tadelte sie sich. *Nur ein Kuss, mehr nicht.*

Entschlossen legte sie ihre Hände auf seine Schultern und presste dann ihre Lippen unwiderruflich auf seine.

DANKE FÜRS LESEN DER LESEPROBE! Kommt Ebby gegen ihre Natur als Meerfrau an? Oder wird sie für immer das Opfer ihrer niederen Triebe bleiben? Um dies herauszufinden, kannst du hier vorbestellen. >>> EINE MEERJUNGFRAU MIT HERZ

Vor langer, langer Zeit habe ich es mir in den Kopf gesetzt, biomedizinische Technikerin zu werden. Das Aufschneiden von Laborratten führt allerdings selten zu einem glücklichen Ende, wie man es aus Büchern kennt. Jetzt vermische ich meine Begeisterung für die Wissenschaft mit charakterorientierter Romance und einem garantierten Happy End. Meine Monster finden immer ihre Gefährten, in Geschichten mit temperamentvollen Protagonistinnen, gequälten Helden und einer guten Portion Erotik. Ich verspreche Dir, meine Geschichten werden Dich nicht hängen lassen. (Obwohl es natürlich passieren kann, dass Du danach noch mehr willst!)

Wenn ich nicht schreibe, dann findest Du mich im Garten oder in der Küche, auf Erkundung durch Alaska mit meinem Ehemann oder bei der Vorbereitung auf eine Zombie-Apokalypse. Natürlich könnte es auch passieren, dass Du mich dabei erwischst, wie ich mein kuscheliges sechs Kilo Häschen

Abigail bewundere. Ich liebe Wein und Apple Cider. Und auch wenn ich nur ein bescheidenes Talent dafür besitze, genieße ich es, zu häkeln.